Miss Edison –
unsere (geniale) verrückte Lehrerin

Irene Zimmermann lebt in Baden-Baden und ist seit den Neunzigerjahren erfolgreich auf dem Kinder- und Jugendbuchmarkt vertreten, zuerst mit Kinderkrimis, dann in der Kultserie *Freche Mädchen – freche Bücher!*, in der sie diverse Bestseller schrieb. Viele ihrer Bücher wurden übersetzt, u. a. ins Türkische, Italienische und Chinesische, insgesamt in 14 Sprachen.

Mehr über unsere Bücher, Autoren und Illustratoren auf:
www.planet-verlag.de

IRENE ZIMMERMANN

MISS EDISON

unsere ~~geniale~~ verrückte

LEHRERIN

PLANET!

1. Kapitel

Auf einmal war sie da. Aus heiterem Himmel sozusagen. Wobei der Himmel nun allerdings alles andere als heiter war. Tief liegende Wolken hingen schwer am Horizont, dumpfes Grollen war zu vernehmen, kurzum, es sah nach einem netten kleinen **Unwetter** aus. Wobei aber auch noch nicht klar war, ob es wirklich nett und klein sein würde. Eher im Gegenteil, wenn Oskar das so richtig einschätzte.

»Frau Edison?«, rief er überrascht und blieb auf dem schmalen Kiesweg stehen.

Er hatte die Schultern hochgezogen und blinzelte ungläubig. War das wirklich seine Englischlehrerin, die dort vorne im Hauseingang stand? Natürlich, es war Frau Edison, aber sie sah so anders aus als in der Schule. Kam das vielleicht von der Brille? Den langen roten Haaren? Oder dem altmodischen Kleid aus schwerem dunkelgrünem Stoff? Der silbernen Brosche am Kragen? Flüchtig fiel ihm ein, was Marlen, seine Mutter, vorletzte Woche nach dem Elternabend erzählt hatte: Dass nämlich einige Leute doch tatsächlich behaupteten, die neue Englischlehrerin sei in Wirklichkeit eine Hexe.

»Warum so spät?« Sie machte einen Schritt auf ihn zu und musterte ihn.

Oskar zwinkerte nervös. Verwechselte sie ihn? Das war ihm schon oft passiert, denn er war ein unauffälliger Schüler, der kaum einem Lehrer im Gedächtnis blieb.

»Warum so spät?«, wiederholte sie, weil er immer noch schwieg. Sie kam näher.

»Entschuldigung«, brachte Oskar heraus und senkte den Blick, »ich glaube, Sie verwechseln mich.«

Am liebsten hätte er sich umgedreht, wäre weggerannt, so schnell er konnte, aber weil er jetzt unten vom See her die Stimmen hörte, höhnische Stimmen, die laut und siegessicher grölten: »Oskar Hosenpisser, heute kriegen wir dich, du entkommst uns nicht!«, blieb er doch lieber stehen. Ob er nun einer Hexe in die Hände fiel oder von der Gnack-Gang verprügelt wurde, blieb sich eigentlich gleich. Unangenehm war beides. Er holte tief Luft. »Ich bin Oskar Schneider aus der 7b«, sagte er.

Das war allerdings kaum hörbar, denn in diesem Moment ertönte der **Überschallknall** eines Düsenjägers.

Sie blickte nach oben. »Nicht schlecht«, murmelte sie anerkennend, »das müsste ich auch hinkriegen. Aber nun zu dir«, fügte sie hinzu und sagte, als könne sie Oskars Gedanken lesen: »Komm ins Haus. Die Entscheidung ist längst gefallen. Und merk dir eins: Ich bin *Miss* Edison. Ansonsten müsste ich leider …«

Die Goldrandbrille mit den runden Gläsern war ihr auf die Nasenspitze gerutscht und wurde mit einem energischen **Zeigefingerstupser** wieder zurückbefördert, wie Marlen das auch immer machte. Was Oskar beruhigend fand, ein bisschen wenigstens, und außerdem war er erleichtert, weil Miss Edison nicht weiter ausführte, was sie dann tun würde. Über schlimme Dinge wollte er nämlich lieber nicht so genau Bescheid wissen. Sie würden irgendwann passieren, das wusste er aus Erfahrung, aber es war besser, vorher nicht allzu sehr darüber nachzudenken.

»Hast du verstanden?«, rief sie.

Er zuckte zusammen. Genau diesen Satz hatte Gunnar, sein Stiefvater, gebrüllt, als der ihm letzten Montag eine **Ohrfeige** verabreicht hatte. Es war eine ziemlich heftige gewesen und sogar Marlen meinte, er solle das ja nie mehr machen, sonst könne er sich ein neues Zuhause suchen.

»Ja natürlich, entschuldigen Sie«, stotterte Oskar und hob den Blick.

Erst jetzt bemerkte er, dass die Haustür hinter ihr sperrangelweit offen stand und er versuchte, einen Blick ins Innere zu werfen. Alles, was er sah, war ein endlos langer Flur, von oben bis unten mit dunklem Holz getäfelt und von einer trüben Deckenlampe nur schwach erhellt. Unheimlich, fand Oskar.

Vielleicht würde es doch besser sein, sich von der Gnack-Gang vertrimmen zu lassen, als auf immer und ewig in diesem Hexenhaus zu verschwinden. Denn dass Frau Edison, nein, Miss Edison, verbesserte er sich, in einem Hexenhaus wohnte, das hatte er ebenfalls schon gehört. Jeder wusste das. Oder glaubte es zumindest zu wissen, denn bis jetzt gab es niemanden, der wirklich eine Ahnung hatte. Außer Herrn Pankratz vielleicht, dem Briefträger. Doch auch ihm war es nicht gelungen, auch nur einen einzigen Blick in das Häuschen zu werfen. Diverse Male schon hatte er es versucht, aber diese Hexe, wie auch er sie nannte, blieb unerbittlich. »Die Post gehört in den Briefkasten und Sie scheren sich zum Teufel!«, hatte sie ihm nachgerufen, als er aus Neugierde frühmorgens in ihr Küchenfenster spähen wollte. »So flucht nur eine Hexe«, hatte Herr Pankratz sich empört, als er Oskar ein Paket für Gunnar in die Hand drückte. »Dass diese Frau überhaupt Lehrerin sein darf!«, hatte er hinzugefügt.

Das war vor einigen Tagen gewesen. Da hatte Oskar noch nicht geahnt, dass er ihr jetzt, mitten im Wald, gegenüberstehen würde. Und obwohl er nicht einmal so richtig an Hexen glaubte – die gab es nur im Märchen und dafür war er nun eindeutig zu alt –, war ihm doch mulmig zumute. Denn die Sache mit den Märchen war die eine. Die andere war: Vor ihm stand Miss Edison, die plötzlich wirklich etwas von einer Hexe an sich hatte, und fasste ihn am Arm.

Inzwischen waren die **Gnacks** gefährlich nahe gekommen, Tobias Gnack vor allem, der ihm auch gestern wieder aufgelauert hatte, als er mit Gunnars Hund spazieren gehen musste. Wobei es nicht einmal ein richtiger Spaziergang gewesen war. Er war mit **Batman** lediglich zum nächsten Baum gerannt, damit der Mops dort sein Bein heben konnte. Dumm war nur, dass dort schon Tobias wartete, der Älteste der Gnack-Gang, mit diesem fiesen Grinsen, weil er Oskar mal wieder überlistet hatte.

»Komm mit! Oder brauchst du eine extra Einladung?«, fragte Miss Edison ungeduldig. »Aber bitte, du kannst auch hier draußen bleiben, wenn dir das besser gefällt.« Sie drehte sich dermaßen schnell um, dass ihre Haare nur so flogen.

»Nein, nein, ich komme schon!«, rief Oskar ihr hinterher.

Ihm war eingefallen, was Tobias am gestrigen Abend angedroht hatte: Wenn du nicht mitmachst, kriegst du aber **richtigen Ärger**. Er hatte diesen *richtigen Ärger* genauer beschrieben, aber Oskar war es gelungen, die Ohren zu-

zumachen, eine Fähigkeit, die er sich mühsam antrainiert hatte und die er sehr hilfreich fand. So wusste er nun zwar nicht, was Tobias sich dieses Mal wieder ausgedacht hatte, aber es war klar: Ein Vergnügen würde es bestimmt nicht sein.

Noch ein rascher Blick über die Schulter – am Ende des Kieswegs war Tobias Gnack aufgetaucht und starrte ihn an, dahinter Fynn und Steve, die jüngeren Brüder, deren Gejohle noch triumphierender als sonst klang –, dann stand Oskar auch schon im Flur. Mit einem dumpfen Geräusch fiel die schwere Holztür hinter ihm ins Schloss.

»Deine Jacke kannst du dort aufhängen!«, wies ihn Miss Edison an und lächelte freundlich. »Übrigens ist noch mehr Besuch da.«

Und während Oskar nach einem freien Haken an der heillos überladenen Garderobe suchte, sah er sich unauffällig um. Der niedrige Flur war mit dunklem Holz getäfelt, an der Wand Hirschgeweihe und ausgestopfte Vögel mit starren Augen und weit aufgerissenen Schnäbeln. Oskar schluckte. Es sah hier eindeutig nach Hexenhaus aus, auf jeden Fall völlig anders als daheim in ihrer Dreizimmerwohnung im elften Stock eines Hochhauses, das auch schon bessere Jahre gesehen hatte.

Miss Edison öffnete inzwischen die Tür am Ende des

Flurs. Sie winkte Oskar zu sich her und die Dielen *knarzten* unter seinen Füßen, während sie in die Hände klatschte und ins Wohnzimmer rief: »Wir haben hier noch einen späten Gast!«

Das Stimmengewirr im Raum verstummte für einen Augenblick und alle Köpfe drehten sich zu Oskar. Ihm schien, als würden die Frauen beifällig nicken, die dort um den runden Tisch saßen bei Tee und Gebäck, und er glaubte, jemanden »Oskar« murmeln zu hören. Aber das konnte gar nicht sein. Niemand hier konnte ihn kennen. Aber warum nur bildete er sich ein, die Gesellschaft am Tisch schon irgendwo gesehen zu haben?

»Nun? Was hättest du gern?«, fragte Miss Edison und deutete auf die silbernen Kuchenteller in der Mitte des Tisches. »Ingwerkekse? Birnenmuffins? Oder Lebkuchen?«

Lebkuchen? Oskar biss sich auf die Unterlippe. Das *Lebkuchenhaus* fiel ihm ein, das ihm Marlen letztes Jahr zu Weihnachten gekauft hatte. Will sofort von mir probiert werden, hatte Gunnar grinsend gemeint und sich gleich den größten Lebkuchen herausgebrochen.

»Was nun?«, fragte Miss Edison. »Von allem?«

Lächelnd, weil Oskar immer noch nicht antwortete, häufte sie unter dem leisen Gemurmel der anderen Ingwerkekse und zwei Muffins auf den Teller. Einen Lebkuchen, der

mit einem Muster aus *weißem Zuckerguss* verziert war, legte sie quer darüber.

»Danke«, sagte Oskar und setzte sich auf den einzigen freien Stuhl neben eine dicke Frau mit schwarzer Fransenstola, die schon die ganze Zeit über in ihrer Handtasche kramte und sich nebenher mit ihrer Tischnachbarin unterhielt. Aber sosehr er sich auch bemühte, er konnte kein Wort von dem verstehen, was um ihn herum gesprochen wurde.

Eine Weile lang saß er nur da und aß. Zuerst die beiden Muffins, dann die Ingwerkekse und immer wieder blickte er sich dabei verstohlen um. Der Raum, bis zur Decke getäfelt wie der Flur, war vollgestellt mit alten Möbeln. Fast sah es aus, als hätte hier ein Umzugswagen seine Fracht einfach abgeladen: ein schwarzes Klavier stand neben einer Kommode mit Dutzenden von Schubladen, daneben ein dreitüriger Schrank und ein hochbeiniges Sofa mit blauem Bezug, an dessen Seite ein **vergoldeter Bilderrahmen** lehnte.

Oskar überlegte gerade, was in dem abgeschabten Lederkoffer mit silbernen Schließen sein könnte, der unter dem Sofa lag, als die Zimmertür aufging. Und sich gleich darauf auch schon wieder schloss. Was prinzipiell nichts Ungewöhnliches war. Nur, **da war niemand zu sehen,** der sie geöffnet und wieder geschlossen hatte. Niemand! Und von einem Windstoß war nichts zu spüren. Wie denn auch? Die Fenster waren ja alle geschlossen. Oskar schauderte. Ihm war, als hätte eine **Geisterhand** die Tür bewegt.

»Ich glaube, nun ist es an der Zeit, unseren Gast um einen kleinen Gefallen zu bitten«, hörte er Miss Edison sagen.

Sie saß ihm gegenüber, in einem hohen Lehnstuhl, dessen Polster mit grünem Samt bezogen war, und ihre Stimme klang sehr freundlich. Aber ihn würde das nicht täuschen. Als Gunnar damals bei Marlen und ihm eingezogen war, hatte er sich anfangs auch so angehört. Misstrauisch blickte Oskar von seinem Teller hoch.

»Hier!« Miss Edison schob den schweren Kerzenleuchter auf dem Tisch zur Seite, beugte sich vor und hielt Oskar etwas hin, was wie ein überdimensional breiter Stecker aussah, aus dem ein Stück hellblaues Kabel hing. »Damit gehst du in den Elektromarkt in der Bachlerstraße, *Elektro-King* heißt er, wenn ich mich nicht irre, und sagst, du willst den …« Sie stockte und blickte fragend zu der dicken Frau hinüber.

»… den **siebenundzwanzigpoligen Duo-Wechsel-Preventer** abholen«, sagte die Frau und schob ihm den Zettel hin, den sie anscheinend gerade eben in ihrer Hand-

tasche gefunden hatte. »Hier steht alles Wichtige. Dass es unbedingt ein **siebenundzwanzigpoliger** sein muss. Hast du verstanden? Er ist bestellt und bereits bezahlt.«

Oskar sah sie verwirrt an. Schlagartig hatten alle aufgehört zu reden und starrten ihn an, als hinge wer weiß was von ihm ab. Er sollte einen Duo-Was-noch-mal abholen? Wie hieß das Teil? Warum konnte Miss Edison das eigentlich nicht selbst erledigen? Doch zu fragen getraute er sich nicht.

»Ja klar, ich mach das«, murmelte er schließlich und stand auf. Ehrlich gesagt, er war erleichtert, wegzukommen. Sogar die Gnack-Gang erschien ihm im Moment als das kleinere Übel.

»In spätestens zwei Stunden erwarten wir dich zurück!«

Die Brille war Miss Edison wieder auf die Nasenspitze gerutscht und sie musterte ihn mit ihren grauen Augen. Wieder nickte er. Er würde diesen **Duo-Sonst-Noch-Was mit Kabel** vor die Haustür legen, klopfen, und dann augenblicklich verschwinden. Und ob Miss Edison nun wirklich eine Hexe war oder nicht, was interessierte ihn das schon?

Zu Hause würde er von diesem verrückten Nachmittag besser kein Wort erzählen; wahrscheinlich würde ihm sowieso niemand glauben. Was ziemlich schade war, denn immerhin war er der Einzige, der bislang das Hexenhaus betreten hatte. Das hätte selbst Gunnar schwer beeindruckt. Da war er sich sicher.

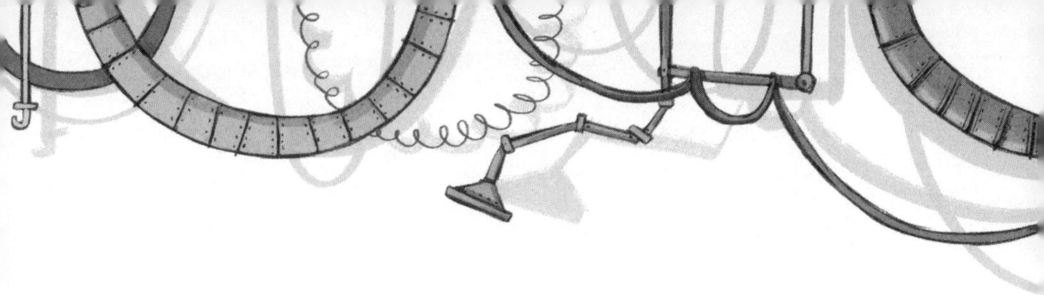

2. Kapitel

Erst als Oskar sich einige Zeit später völlig außer Atem über das Brückengeländer beugte und einen Moment lang in das *gurgelnde* Wasser der Waldach schaute, fiel ihm auf, dass er die ganze Zeit über nicht mehr an die Gnack-Gang gedacht hatte. Was sich jetzt aber schlagartig änderte, denn das Waldachviertel war Gnack-Gang-Gebiet. Vermutlich lauerten Tobias und die anderen ihm hier auf. Oskar hatte das oft genug erlebt.

Den langen Weg zurück durch den Wald war er gerannt, als ginge es um sein Leben, und auch noch auf der Landstraße hatte er sich beeilt. Jetzt aber musste er sich möglichst unauffällig verhalten; immer wieder drückte er sich in Hauseingänge und sobald er Schritte nahen hörte, schien er mit den grauen Hauswänden zu verschmelzen. Lediglich die letzten Meter zur Bachlerstraße wollte er **sprinten**, denn schon mehrmals hatten sie ihn dort an der Ausfallstraße entdeckt, zweimal sogar erwischt. Zwischen parkenden Autos spähte er nach einer Lücke im dichten Verkehr. Notfalls würde er zur Tiefgarage schräg gegenüber spurten, in der er sich schon einmal versteckt hatte – und dann hätte er es auch schon beinahe geschafft.

»Du bist verdammt fix«, keuchte jemand hinter ihm.

Oskar schnellte herum, ließ dann aber die Hand wieder sinken, die er bereits zur Faust geballt hatte. Er musste sich getäuscht haben, weit und breit war niemand zu sehen. Das war ein gutes Zeichen – zumindest auf den ersten Blick. Aber wer wusste schon, was die Gnack-Gang sich dieses Mal ausgedacht hatte.

»Oh Mann! Fast hätte ich dich nicht mehr erwischt.«

Er sah sich verdutzt um und **klopfte** sich dann mit der Hand auf den Hinterkopf. Selbstverständlich nicht so fest, wie Gunnar das immer machte, wenn Oskar nicht schnell genug mit den Hausaufgaben fertig wurde, aber immerhin doch so, dass er es spürte. Vielleicht hatte Gunnar ja ausnahmsweise mal recht und es half tatsächlich beim Denken.

»Können wir jetzt endlich?«

Oskar starrte in die Richtung, aus der die Stimme kam. Eine *Mädchenstimme*, die er zu kennen glaubte. Auf die Schnelle fiel ihm bloß nicht ein, woher. Andererseits war das aber auch egal, denn hier war eindeutig keine Menschenseele. Doch wie konnte es dann sein, dass er jemanden gehört hatte? Laut und deutlich! Und nicht nur ein Mal, nein, drei Mal sogar! Das hatte er sich doch nicht eingebildet! Er ging in die Knie, vergewisserte sich, dass unter keinem der parkenden Autos Tobias oder einer von der Gang lag, mit diesem bescheuerten Grinsen, das er nur zu gut kannte. Aber da war niemand. Oskar richtete sich wieder auf.

»Tut mir leid, das ist jetzt alles ein bisschen schwierig zu erklären.«

»Was soll der Mist?«, rief er wütend. »Wo hast du dich versteckt? Glaub bloß nicht, dass ich das lustig finde. Wer bist du überhaupt?« Aber es kam keine Antwort. »Hallo?«, wiederholte er. »Hallo? Was ist jetzt?«

Er glaubte ein Räuspern zu hören, aber er verzog keine Miene. »**Ha ha ha**«, machte er bloß. Dieses Mal würde er nicht darauf hereinfallen. Er musterte die Straße und machte sich startklar, um loszurennen, als er spürte, wie ihn jemand am Arm festhielt. Nur … da war niemand!

»Du wärst jetzt glatt in ein Auto gerannt!«

Ihm wurde schwindlig und am liebsten hätte er sich für einen Augenblick einfach auf den Gehweg gesetzt. Ich muss Fieber haben, dachte er. Natürlich, das ist bestimmt ein **Fieberwahn**. Vor Jahren hatte er das auch schon

einmal gehabt. Erst neulich hatte Marlen davon erzählt, wie er damals in die Küche gekommen war und behauptet hatte, in seinem Bett liege ein Krokodil mit weit aufgesperrtem Rachen, das ihn **heimtückisch** anblinzelte. Und nichts habe ihn davon abbringen können.

Erneut bildete er sich ein, ein Räuspern zu hören. Dann fuhr die Stimme fort: »Kannst du bitte ganz entspannt sein? Du bist ja kreidebleich. Ich wollte dich nicht erschrecken, aber ich habe gleich gesagt, es ist schwierig zu erklären. Wollen wir uns irgendwo hinsetzen? Auf die Bank an der Bushaltestelle? Ich bin übrigens *Emma*. Aus deiner Klasse. Eigentlich müsstest du mich ja kennen.«

Emma?, dachte Oskar, als er wie im Traum die Straße entlang zur Bushaltestelle ging. Im Wartehäuschen ließ er sich auf die Bank sinken. Ja, die Stimme hörte sich an wie die von Emma. Sie saß immer in der zweiten Reihe neben ihrer Freundin Pinar, in Musik hatte sie eine Eins und im neuen Stück der Theater-AG, das demnächst Premiere hatte, spielte sie die Hauptrolle. Das war auch schon alles, was er von ihr wusste. Aber warum …

»Alles klar?«, erkundigte sie sich. Sie musste sich rechts neben ihm auf die Bank gesetzt haben, ihre Stimme kam jedenfalls aus dieser Richtung.

»Alles klar«, antwortete Oskar. »Alles überhaupt kein

Problem. Emma aus meiner Klasse redet mit mir, sie ist zwar nirgendwo zu sehen, aber ansonsten geht es mir ausgesprochen gut.« Er lachte kurz auf, während er sich mit beiden Händen durch seine kurzen braunen Haare fuhr, die er am Morgen mit Gunnars Gel mühevoll in Form gebracht hatte.

Neben ihm wurde ebenfalls gelacht, allerdings wesentlich fröhlicher. Oskar lehnte sich zurück, verschränkte die Arme vor der Brust. Von mir aus kann die Gang jetzt auftauchen, dachte er. Das schockt mich nun auch nicht mehr. Ich muss bloß schleunigst wieder einen klaren Kopf bekommen. Das Gerät in seiner Jackentasche fiel ihm ein. Er würde die Sache mit dem Elektroladen am nächsten Tag erledigen. Jetzt war es ohnehin schon reichlich spät und Gunnar konnte es nicht leiden, wenn er nicht pünktlich zum Abendessen kam.

»Oskar, du musst mir einfach glauben«, hörte er die Stimme neben sich sagen. »Die meisten denken, dass Miss Edison eine ganz normale Lehrerin ist. Und dann gibt es natürlich auch dieses blöde Gerede von wegen Hexe und so. In Wirklichkeit ist sie aber eine geniale Erfinderin. Den Hubschrauber hat sie erfunden, das Telefon und den DVD-Player, allerdings nicht unter ihrem Namen, aber …«

»Klar! Miss Edison hat den Hubschrauber erfunden.

Hab ich mir übrigens schon fast gedacht.« Oskar lachte höhnisch. »Den Miss-Edison-Hubschrauber sozusagen.« Mit beiden Armen wedelte er durch die Luft. »Brumm, brumm, brumm!«

»Ach was, denk von mir aus, was du willst«, sagte Emma. Es klang etwas beleidigt. »Aber es stimmt wirklich. Ihre neueste Erfindung ist der USC. Das ist ein Unsichtbarkeitsscanner, und den haben wir vor ein paar Tagen ausprobiert. Dabei ging leider der Duo-Preventer kaputt und deshalb …«

»… bist du unsichtbar.«

»Na endlich hast du es kapiert!«

Oskar setzte sich sehr aufrecht hin. »Unsichtbar?

Ich lach mich krank«, sagte er und tippte sich an die Stirn. »Das ist doch kompletter Quatsch!«

Eine Weile lang blieb es ruhig im Wartehäuschen und er war überzeugt davon, den Fieberwahn auch schon wieder überwunden zu haben. Unsichtbarkeitsscanner! Wie konnte man nur auf solchen Schwachsinn kommen? Das Einzige, was ihn interessierte: Warum hatte er sich eingebildet, ausgerechnet mit Emma zu sprechen? Sie war vor über einem Jahr in seine Klasse gekommen, wenn er sich richtig erinnerte, und eigentlich kannte er sie kaum. Sie war etwa so groß wie er (also eher klein), hatte lange dunkle Haare und eine MINILÜCKE zwischen den Schneidezähnen. Das war ihm aufgefallen, als sie zusammen in einer Arbeitsgruppe gewesen waren. Einen Vormittag lang sollten sie für ein Projekt im Geschichtsunterricht Fußgänger in der Kaiserstraße befragen, ob …

Das Handy schnarrte in seiner Hosentasche. Hastig zog Oskar es heraus, um es dann nach einem kurzen Blick auf das Display wieder sinken zu lassen. Denn Anrufe von Gunnar waren selten erfreuliche Anrufe. Meistens handelten sie davon, dass dummerweise etwas Schlimmes passiert war, oder Oskar hatte etwas falsch gemacht. Wobei man in Gunnars Augen eigentlich nur alles falsch machen konnte.

»Und was jetzt?«, fragte die Stimme neben ihm.

Oskar verdrehte die Augen. Ging das schon wieder los? Emma schien aufgestanden zu sein, denn ihre Stimme kam mittlerweile von links vorne. Er steckte das Handy wieder ein. Gunnars Anruf würde er sich schenken; er hatte genug für diesen Tag, genug von allen Gunnars und Emmas und von sämtlichen Miss Edisons erst recht.

Ein schriller Pfiff ließ ihn zusammenzucken.

»**He, he, he, he**«, machte Tobias Gnack, der plötzlich vor ihm stand, und ein bisschen klang es, als würde er versuchen, die Tonleiter hochzusingen. Grinsend biss er in einen Apfel (andauernd aß er Äpfel, denn seiner Mutter gehörte der Bioladen schräg gegenüber der Schule) und spuckte dann in hohem Bogen das abgebissene Stück wieder aus, genau auf Oskars Laufschuh. »Wusste ich doch! Unser kleiner Hosenpisser muss auch mal 'ne Pause machen. Oh, ich seh's dir doch an, du fühlst dich total einsam.« Breitbeinig setzte er sich neben ihn, warf den Apfel lässig in die Luft, fing ihn auf, biss ab und **schmatzte** genüsslich.

Oskar wagte kaum zu atmen. Er wusste, besonders gefährlich wurde es immer dann, wenn Tobias Gnack so harmlos tat wie jetzt. Wo waren eigentlich Fynn und Steve? Lauerten sie in einem Hauseingang, falls er einen

Fluchtversuch wagen sollte? Unmerklich – zumindest bildete er sich das ein – rutschte er nach vorn und spürte, wie Tobias Gnack ihm etwas in den Schoß warf.

»Da ist noch 'n bisschen was dran«, hörte er ihn sagen. »Aber vergiss nicht, dich schön brav zu bedanken.«

Angewidert schnippte Oskar den Apfelrest zu Boden, da traf ihn schon der nächste. »Damit unser kleiner Pisser noch ein bisschen wächst!«, johlte Steve, der plötzlich aufgetaucht war, neben ihm der höhnisch feixende Fynn, eine knallgelbe Plastiktüte in der Hand mit dem Aufdruck *Gnack-Bio fürs Leben*. »Äpfel sind ja soooo gesund. Wir haben jede Menge Nachschub mitgebracht.«

Jetzt flog ein Apfel und Oskar duckte sich. »Was wollt ihr?« Er bemühte sich, locker zu klingen, aber er konnte nicht verhindern, dass seine Stimme zitterte.

»Machst du dir jetzt in die Hose?« Tobias schüttete sich vor Lachen aus. »Klar, machst du. Du heißt ja auch Hosenpisser! Oskar Hosenpisser!«

»Das muss er auf alle seine Schulhefte schreiben«, schlug Fynn vor und hüpfte begeistert auf und ab. »Hosenpisser! Hosenpisser! Und im Klassenbuch steht dann …«

»Schnauze!«, unterbrach Tobias ihn. »Halt gefälligst die Schnauze, wenn ich hier was regle.« Er drehte sich wieder zu Oskar, stirnrunzelnd, als würde er angestrengt überlegen. »Du willst wirklich wissen, was wir von dir wollen? Ey Kumpel, hab ich dir doch schon längst gesagt. Und dabei bleibt es. Du bringst uns …«

Weiter kam er nicht, denn mit einem Mal **sauste** ein Apfel haarscharf an seiner Nase vorbei. »Spinnt ihr?« Tobias sprang auf. »Steve? Warst du das? Was soll der Schwachsinn?«

»Welcher Schwachsinn? Ich hab überhaupt nichts gemacht!«, protestierte Steve, als sein ältester Bruder drohend auf ihn zukam.

»Ehrlich! Wir haben nichts gemacht!«, rief auch Fynn. Er duckte sich hinter Steve, der einen halben Kopf größer war als er.

»Haltet ihr mich für blöd? Unser Hosenpisser war es jedenfalls nicht. Der würde sich das nie getrauen und außerdem hab ich ihn die ganze Zeit im Auge gehabt. Also kann es ja wohl nur einer von euch gewesen sein. Wer war es? Das gibt Stress, das könnt ihr mir aber glauben!«

»*Los, lass uns abhauen!*«, flüsterte es neben Oskar und während die Gnack-Gang sich in einen lautstarken Streit verstrickte, rannte er los.

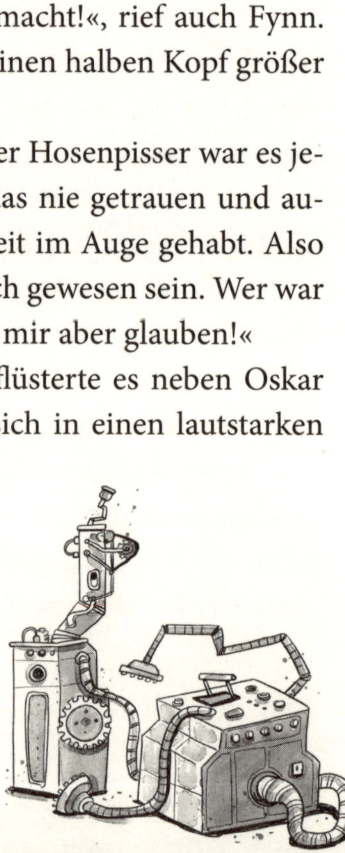

3. Kapitel

Wenn Marlen gut gelaunt war, neckte sie Oskar manchmal damit, dass er als Kleinkind nicht erst **gekrabbelt** war wie die anderen, sondern gleich losgerannt sei wie ein kleiner Weltmeister. »Als hättest du Angst gehabt, du könntest was verpassen«, sagte sie dann immer und Gunnar murmelte jedes Mal, so ein wahnsinnig guter Läufer sei Oskar jetzt auch wieder nicht. Anscheinend aber doch, denn zwei Mal schon war er beim 800-Meter-Lauf Stadtmeister in seiner Altersklasse geworden.

Theoretisch hatte Oskar also beste Voraussetzungen, der Gnack-Gang davonzurennen. Praktisch aber gab es schon an der nächsten Kreuzung ein Problem, einen unterdrückten *Schmerzensschrei* nämlich, von Emma vermutlich. Ansonsten war die Straße nämlich menschenleer – mal abgesehen von den Gnacks vor dem Wartehäuschen, die immer noch lautstark stritten. Oskar blieb stehen. »Emma? Was ist?«

»Mist! Blöd aufgetreten. Macht nichts, lauf weiter. Schnell!«

Im selben Augenblick stellten die Gnack-Boys fest, dass ihr Opfer abgehauen war, und sie sausten los, mit einem Tempo, das man ihnen so nicht zugetraut hätte. Fynn und Steve bogen gleich in der ersten Querstraße ab – vermutlich wollten sie Oskar am Schillerdenkmal den Weg abschneiden –, während Tobias Gnack **wutentbrannt** die direkte Verfolgung aufnahm. Und er kam gefährlich nahe, denn Oskar hatte wertvolle Zeit verloren, als ein LKW rückwärts aus einer Einfahrt setzte.

»Jetzt geht's los!«, hörte er Tobias rufen.

Sonderlich verärgert klang das nicht, eher sehr zufrieden, was aber an der Tatsache auch nichts änderte. Oskar überlegte, ob er auf die gegenüberliegende Straßenseite flüchten sollte, verwarf den Gedanken jedoch wieder. Genau genommen war jedes Weglaufen zwecklos; irgendwann würde ihn die Gnack-Gang sowieso erwischen, wenn nicht heute, dann morgen oder spätestens, wenn die Schule wieder begann. Abrupt stoppte er mitten auf dem Bürgersteig und drehte sich um. Er ahnte, was gleich passieren würde.

Doch Tobias Gnack wurde mit einem Mal langsamer, stieß heisere Laute aus, sein Gesicht war verzerrt und er fuchtelte wild herum, als würde er mit einem unsichtbaren Gegner kämpfen. Nur noch wenige Meter war er von Oskar entfernt. Doch plötzlich, als der Chef der Gnack-Gang nur noch die Hand nach ihm auszustrecken brauchte, strauchelte er, ruderte mit beiden Armen durch die Luft, als suche er irgendwo Halt – vergeblich. Mit einem Schrei **knallte** er der Länge nach auf den Asphalt.

Oskar stand immer noch reglos da. Misstrauisch blickte er zu Tobias hinunter. War das jetzt ein neuer Trick? Der ihn in Sicherheit wiegen sollte, während Steve und Fynn von hinten angreifen würden? Bei den Gnacks wusste man nie.

»**Verdammt!**«

Das kam von Tobias Gnack und klang mehr geschluchzt als geschimpft. Mühsam rappelte er sich auf. Jeans und T-Shirt waren nass und verdreckt – er hatte ausgerechnet die einzige große Pfütze weit und breit erwischt – und mit schmerzverzerrtem Gesicht betrachtete er seine rechte Hand. »Verdammt!«, stieß er erneut hervor und zog die Nase hoch. »Morgen geht's weiter. Verlass dich drauf.« Mit diesen Worten drehte er sich um und hinkte davon.

»Emma?«, fragte Oskar ins Blaue hinein.

Keine Antwort. Dann endlich ein leises *Kichern* neben ihm. »Er hat sich ziemlich gewehrt, festhalten hat leider

nicht gereicht. Da musste ich ihm schon ein Bein stellen, direkt vor der Pfütze. Ich dachte, wenn er ins Wasser fällt, tut es nicht ganz so weh.«

»Sehr rücksichtsvoll von dir«, meinte Oskar und grinste. »Danke, du hast mich gerettet. Fürs Erste jedenfalls. Ehm … Tut mir leid, dass ich dir vorhin nicht geglaubt habe. Gib zu, das ist auch wirklich alles ziemlich **verrückt**. Ich weiß gar nicht, was ich davon halten soll. Bist du noch sauer auf mich?«

Wieder keine Antwort. Erst als Oskar seine Frage wiederholte, rief sie: »Nein, bin ich nicht! Ich habe gerade den Kopf geschüttelt, aber das kannst du ja gar nicht sehen. Wahnsinn, an was man alles denken muss, wenn man **unsichtbar** ist. Und außerdem …« Sie schniefte.

»Und außerdem?«, fragte Oskar betreten. Er war sich nicht sicher, aber es hörte sich an, als würde Emma leise weinen. »Was meinst du mit *außerdem*?«

»Du kannst es dir vielleicht nicht vorstellen, aber ich habe genug von diesem Zustand.«

Oskar verzog das Gesicht. »Von mir aus können wir tauschen. Ich wäre gern **unsichtbar**.«

Emma schniefte erneut. »Bei mir passt es nämlich gerade überhaupt nicht. Du kannst dir gar nicht vorstellen, wie wichtig es für mich ist, möglichst schnell wieder sichtbar

zu werden. Erstens wegen der Theater-AG. Am Mittwoch nächster Woche ist Hauptprobe und am Freitag Premiere und ich weiß nicht, wie das ohne mich gehen soll. Zweitens kommt meine Lieblingsoma extra zu Besuch, weil ich die Hauptrolle spiele. Ich möchte lieber nicht wissen, was sie sagt, wenn ich …« Sie putzte sich geräuschvoll die **Nase**. »Aber das hilft uns jetzt auch nicht weiter. Was wollen die Gnacks eigentlich von dir?«

Oskar zuckte verlegen mit den Schultern. »Weiß nicht«, schwindelte er. »Sie wollen mich eben ärgern. Keine Ahnung, warum. Meistens geh ich ihnen aus dem Weg.« Er verstummte. Am liebsten hätte er Emma alles erzählt, aber vielleicht wäre das doch nicht so günstig. Wie es aussah, hatte sie genug eigene Probleme.

»Meinst du, wir könnten jetzt noch schnell den **Preventer** holen?«, fragte sie. »Meine Tante kann nämlich sehr ungeduldig werden.«

»Klar, machen wir«, erwiderte Oskar und wollte schon losrennen, als er stutzte. »Tante? Hast du gerade *Tante* gesagt? Frau Edison ist deine Tante?«

»Miss Edison!«, verbesserte Emma ihn. »Du weißt, sie legt großen Wert darauf, dass man …«

»Ja, von mir aus Miss Edison. Ist sie echt deine Tante?«

Dieses Mal dauerte das Schweigen noch etwas länger.

Erst als Oskar sich räusperte, kam eine Antwort. »Na ja, Tante trifft es nicht so ganz. Vielleicht eher **Urururgroßtante** oder so. Genau weiß ich das auch nicht. Ich sage jedenfalls Tante Millie zu ihr.«

»Wenn sie deine Urururgroßtante wäre, müsste sie mindestens neunzig sein«, wandte Oskar ein, der das im Kopf ungefähr überschlagen hatte. Über das Alter seiner Englischlehrerin hatte er sich noch nie Gedanken gemacht, aber dass sie auf keinen Fall neunzig war, das war ja wohl eindeutig.

»Gut, dann ist sie eben nicht meine Urururgroßtante«, meinte Emma versöhnlich. »Ich weiß nur, sie hat schon ungefähr 1890 auf Edison Castle gelebt. Das ist in Schottland und vor einiger Zeit haben wir ihren hundertfünfundsiebzigsten Geburtstag gefeiert. Aber können wir jetzt bitte endlich in das Elektrogeschäft gehen?«

Hundertfünfundsiebzig, was für ein Quatsch!, dachte Oskar, als sie an der Fußgängerampel darauf warteten, dass Grün wurde. So alte Menschen gibt es nicht. Der älteste Mensch, den er kannte, war Opa Max, und der war sechsundachtzig. Vielleicht hatte Emma aber auch eine Rechenschwäche, das kannte er nur zu gut. Doch andererseits … Bis vor Kurzem hätte er auch nicht geglaubt, dass jemand unsichtbar sein könnte.

»Träumst du?« Emma tippte ihn an. »Die Ampel ist grün. Los komm!«

Der Elektromarkt in der Bachlerstraße hatte erst vor wenigen Wochen aufgemacht. Oskar erinnerte sich gut daran, denn Gunnar hatte ihn mitgenommen zur Eröffnungsfeier bei *Elektro-King*, wo CDs und Computerspiele und sogar ein Computer verlost worden waren. Und tatsächlich hatte er auch ein Computerspiel gewonnen, das Gunnar natürlich sofort einkassierte. An diesem Samstag war der Laden gedrängt voll gewesen, bis auf die Straße hinaus standen die Leute und sie hatten über eine Stunde warten müssen, bis sie endlich hineingelassen wurden.

Dieses Mal würde es zum Glück schneller gehen; der Parkplatz neben dem Geschäft war leer, weit und breit niemand zu sehen. Warum das so war, darüber klärte das Schild am Eingang auf.

Verehrte Kunden!

Wegen einer Personalversammlung schließen wir heute bereits um 17.00 Uhr.

Wir danken für Ihr Verständnis!

Oskar zog die Luft ein. Drei Minuten nach fünf war es jetzt. Mit beiden Fäusten trommelte er gegen die Glastür. Vergeblich. So was Blödes! Ohne die Gnack-Gang wären sie rechtzeitig hier gewesen, ohne die Gnack-Gang hätten sie den **Preventer** bekommen, ohne die Gnack-Gang …

Aber weil alles Ärgern auch nicht weiterhalf, sagte er: »Morgen ist ja auch noch ein Tag.« Doch er ahnte, Emma sah das bestimmt nicht so entspannt. Denn auf dem Weg hierher hatte sie ihm erzählt, wie sehr ihre Oma sich auf das Theaterstück freuen würde. Und es gebe noch ein kleines Problem, hatte sie hinzugefügt. »Tante Millie hat bisher alles innerhalb kurzer Zeit wieder sichtbar gemacht.

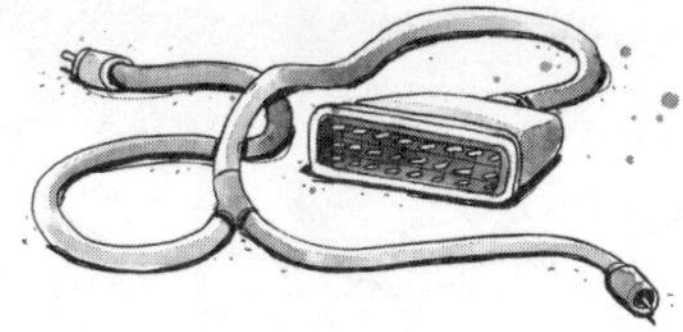

Ob es nach ein paar Tagen auch noch funktioniert, weiß sie natürlich nicht. Deshalb ist es wichtig, den **Preventer** so schnell wie möglich zu bekommen. Stell dir vor, es klappt irgendwann nicht mehr und ich muss dann mein ganzes Leben lang **unsichtbar** bleiben.«

»Au weia«, hatte Oskar gemurmelt.

Er biss sich auf die Unterlippe und hämmerte ein letztes Mal gegen die Glastür. Auf keinen Fall durfte Emma merken, dass auch er sich Sorgen machte.

»Dann komme ich eben morgen noch mal her. Ist das für dich okay?«, fragte er schließlich und hoffte, dass es so einigermaßen locker klang. Erst jetzt bemerkte er, dass ein älterer Mann neben ihn getreten war, eine silberfarbene Mikrowelle unter dem Arm, und ihm einen **verdutzten** Blick zuwarf. »Entschuldigung ... Ich habe nicht Sie gemeint«, stotterte Oskar. »Ich meinte ...«

Der Mann blickte sich um. Weit und breit war doch niemand zu sehen.

»Ehm ...« Oskar verstummte.

Kopfschüttelnd holte der Mann eine Brille aus seiner Jackentasche, las das Schild an der Tür und sagte dann: »Selbstverständlich kannst du morgen wiederkommen.«

Aber da war Oskar schon längst weg.

4. Kapitel

Wenn Oskar nach Hause kam, versuchte er meistens unbemerkt und so schnell wie möglich in seinem Zimmer zu verschwinden. Er schlüpfte immer hastig aus den Schuhen, warf seine Jacke auf einen Garderobenhaken und **schlitterte** dann auf dem glatten Dielenboden entlang bis zu seinem Zimmer ganz hinten rechts.

DRAUSSEN BLEIBEN! GEFAHRENZONE!

warnte das riesige knallrote Schild, das er mit Klebestreifen an der Tür befestigt hatte. Eigentlich wäre es nicht einmal nötig, denn Gunnar würde das Zimmer ohnehin nie betreten. Was ausschließlich an Annabelle lag, Oskars **pechschwarzem** Meerschweinchen. Schon allein dafür liebte er seine Annabelle.

Marlen hatte Gunnar noch keine drei Wochen gekannt, da hieß es schon: Annabelle muss weg! Und das bloß, weil er bereits Niesanfälle und knallrote Augen bekam, sobald er nur die Wohnung betrat. »Dann soll *er* eben wegbleiben«, hatte Oskar vorgeschlagen, aber das kam bei Marlen überhaupt nicht gut an. »**Bist du verrückt?**«, rief sie empört. »Und dass du's gleich weißt: Gunnar zieht nächsten Monat hier ein. Bis dahin hast du dir überlegt, wem du Annabelle schenken willst.«

Natürlich hatte er Annabelle nicht verschenkt – er hätte auch gar nicht gewusst an wen –, aber irgendwann war sie dann plötzlich samt Käfig verschwunden. Annabelle sei im Tierheim, hatte Marlen schließlich gestanden, es würde ihr dort sehr gut gehen, doch das glaubte Oskar nicht.

Tagelang redete er kein Wort mehr und beim Essen stocherte er nur herum, bis irgendwann, als er nachmittags von der Schule kam, Annabelle mit einem Mal wieder da war, **munter und vergnügt**. Und wie es aussah, erkannte sie Oskar auch sofort wieder, denn sie pfiff fröhlich, als er den Käfig öffnete. Ein Zettel von Marlen lag daneben.

> *Annabelle darf auf keinen Fall*
> *aus deinem Zimmer.*
> *Und bedank dich bei Gunnar!*

Selbstverständlich hatte Gunnar eine Gegenleistung erwartet. Was Oskar denn davon halten würde, jeden Tag mit **Batman** rauszugehen, seinem Mops, der mit ihm zusammen eingezogen war? Oskar hatte genickt, obwohl er dazu überhaupt keine Lust hatte. Batman war verfressen, schnaufte wie eine **Dampflok** und hatte ihn auch schon ein paarmal unter dem Tisch in die Wade gezwickt. Außerdem wusste man bei ihm nie so genau, wo hinten und vorne war. Zudem gab es da auch noch das Risiko, dass die Gnack-Gang ihn gerade in dem Moment erwischte, wenn Batman sein Geschäft machte. Die Kommentare dazu wollte Oskar sich lieber erst gar nicht vorstellen. Und noch etwas nervte an Batman: Er lag immer dort, wo man ihn garantiert nicht erwartete.

An diesem Nachmittag hatte er sich direkt hinter der Wohnungstür niedergelassen und Oskar musste erst ein bisschen nachhelfen, bis er bereit war, den Weg freizugeben.

»Oskar? Bist du das?«, hörte er Marlens Stimme aus dem Bad.

»Bisschen spät, findest du nicht?«, tönte es gleichzeitig aus dem Wohnzimmer. »Wozu haben wir dir eigentlich ein Handy gekauft, wenn du nicht abnimmst?«

»Entschuldigung!«, rief Oskar. »Ich hab's nicht gehört!«

Er stellte seine Schuhe ordentlich ins Schuhregal und hängte die Jacke sorgfältig auf einen Bügel. Ärger mit Gunnar war nämlich das Letzte, was er jetzt brauchen konnte. Wonach es sich leider anhörte, denn Gunnar schimpfte halblaut vor sich hin. Oskar, der schon auf dem Weg in sein Zimmer war, ging ein paar Schritte zurück und lauschte an der angelehnten Tür. Hatte Gunnar sich wieder mal am Computer verzockt?

»**WOW!**«, hörte er ihn rufen. Es klang erleichtert.

Vorsichtig stieß Oskar die Tür auf. »Könnte ich bitte mal was in deinem Computer nachschauen?«, fragte er.

Gunnar blickte hoch. Er hockte auf der Couch, das Notebook auf den Knien, und hatte anscheinend gute Laune. »Warum denn so umständlich? Frag doch einfach Gunnar. Was willst du denn wissen?«

»Wer hat das Telefon erfunden? Und den Hubschrauber? Und …« Was hatte Miss Edison angeblich noch erfunden? Oskar konnte sich nicht mehr erinnern, ob Emma von DVD oder CD gesprochen hatte, aber das war jetzt auch nicht so wichtig. »Telefon. Hubschrauber«, wiederholte er, weil Gunnar ihn nur anglotzte.

»Willst du mich verarschen? Wozu willst du das überhaupt wissen? Spiel lieber Fußball und vor allem mach endlich deine Hausaufgaben. Wie sieht's damit überhaupt aus? Wenn du nämlich so weitermachst wie bisher, bleibst du sitzen. Das garantiere ich dir. Frag mal Marlen, was die Ärmste sich beim letzten Elternabend alles anhören musste.« Er holte tief Luft und hätte die nächsten Minuten bestimmt noch einiges zum Thema Schule und Oskars Noten losgelassen, wenn nicht Marlen »Ich wäre dann fertig!« aus dem Flur gerufen hätte. Eine Parfümwolke zog bis ins Wohnzimmer. »Gunnar, können wir?«

»Denk mal drüber nach, was ich gesagt habe«, sagte er zu Oskar, während er aufstand, das Notebook zuklappte und nach dem karierten Jackett griff, das auf dem Sessel

neben ihm lag. »Vielleicht verrate ich dir morgen, wer's war. Mit dem Hubschrauber und so.«

Die Versuchung war groß, das Notebook einfach wieder aufzuklappen und selbst nachzuschauen. Aber Oskar vermutete, dass Gunnar ihn mit einem Passwort gesichert hatte, und nicht auszudenken, es würde herauskommen, dass er heimlich an seinem Computer gewesen war. Außerdem gab es jetzt Wichtigeres zu tun. Er musste sich um *Annabelle* kümmern und später auch noch mit **Batman** rausgehen und ein Käsebrot schmieren wollte er sich auch noch. Zwar hatte Marlen ihm an der Tür zugeflüstert, sie würden ihm aus dem Restaurant ein Stück Pizza mitbringen, aber darauf wollte er sich lieber nicht verlassen. Er pflückte gerade von dem Kräutertopf am Küchenfenster einige Blätter ab – Annabelle liebte Basilikum –, als die Türklingel ging.

»Sssch«, machte er, weil Batman, der sich unter den Tisch verzogen hatte, aufgewacht war und bellte. »**Sssch**. Ist doch alles in Ordnung.«

War es aber nicht. Denn es klingelte schon wieder, jetzt aber gleich mehrmals hintereinander. Fast bedrohlich klang dieses **Dingdongdingdong**, und das gefiel Oskar überhaupt nicht. Wer konnte das sein? Marlen hatte ihren Schlüssel vorhin vom Schlüsselbrett genommen und in ihre Handtasche gesteckt und Gunnar trug seinen an einem Karabinerhaken am Gürtel.

»*Leise*«, flüsterte er Batman zu, ging auf Zehenspitzen zur Tür und reckte sich, um durch den Spion zu linsen. Marlen hatte ihm das eingeschärft. »Sei bloß vorsichtig. Man weiß nie, wer sich da womöglich ins Haus einschleicht und mit einem Mal vor der Tür steht«, hatte sie gesagt.

Er kniff das linke Auge zu. Die Neonleuchte im Treppenhaus flackerte wie immer. Graue Fliesen, graue Wände. Kein Mensch zu sehen. Er wandte sich gerade um, als die Klingel erneut **dingdongdingdong** machte. Batman kläffte dazu. Ratlos kratzte Oskar sich am Kopf. Was sollte er bloß tun? Seit Wochen schon war die Sprechanlage kaputt. Doch weil sich das Geklingel anhörte, als würde es nie mehr enden wollen, drückte er schließlich auf den Türöffner.

5. Kapitel

Endlich war das Klingeln verstummt und Batman hatte sich in die Küche zu seinem Fressnapf verzogen. Doch Oskar war immer noch beunruhigt. Die Gnack-Gang war ihm eingefallen. Was, wenn sie beobachtet hatten, wie Gunnar und Marlen weggegangen waren und jetzt nur darauf warteten, dass er öffnen würde?

Mit Herzklopfen stand er hinter der Tür und kurze Zeit später bremste tatsächlich der Aufzug, wie immer mit diesem durchdringenden **Ächzen**, das Gunnar angeblich jede Nacht wach werden ließ. Erneut spähte Oskar durch den Spion. Die Fahrstuhltür ging auf, schloss sich wieder. Aber niemand war ausgestiegen. Und mit einem Mal kapierte er. »Emma?«, rief er durch die Tür.

»Na endlich! Ich dachte schon, du sitzt auf deinen Ohren«, kam es von draußen.

Hastig öffnete er. »Ich hab nicht gewusst, dass du kommst. Du wolltest doch …«

Er verstummte, als die Tür schräg gegenüber geöffnet wurde. Frau Racletti, einen Schrubber in der Hand, denn sie war mit ihrem wöchentlichen Hausputz beschäftigt, streckte den Kopf heraus. »Täusche ich mich oder habe ich Stimmen gehört?«, fragte sie und schaute sich dabei forschend um. »Hast du gerade mit jemandem gesprochen?«

»Ich? … Nein, bestimmt nicht«, behauptete Oskar und schloss hastig die Tür, bevor Frau Racletti noch weitere Fragen stellen konnte.

Sie arbeitete halbtags als Schreibkraft bei der Polizei und war die andere Hälfte des Tages damit beschäftigt, möglichst vielen Leuten im Haus nachzuspionieren. Das behauptete Gunnar, und wahrscheinlich hatte er damit recht. Aber das war gerade nicht das Problem. Oskar hoffte bloß, dass Emma es in der Zwischenzeit geschafft hatte, in die Wohnung zu schlüpfen.

»Emma? Bist du da?«, flüsterte er. Die Frage hätte er sich sparen können. Denn Batman bellte aufgeregt.

»Logisch, ich bin hier«, hörte er Emma sagen. »Kriegst du jetzt Ärger wegen mir?«

Oskar überlegte. Dann zuckte er mit den Schultern. »Und wenn schon. Aber wegen dir bestimmt nicht, man sieht dich ja nicht. Schon eher wegen Batman, wenn er nicht endlich Ruhe gibt.«

»Heißt der echt Batman? Wie *Batman*?« Ein leises Kichern war zu hören. »Kannst du Batman bitte sagen, dass er nicht an mir hochspringen soll? Das ist nämlich nicht so angenehm.«

»Entschuldige, ich hab überhaupt nicht daran gedacht.« Er deutete zuerst auf Batman, dann auf den Hundekorb neben der Garderobe. »**Sitz!** Aber sofort!«

Batman dachte nicht daran – wenn er überhaupt jemandem gehorchte, dann höchstens mal Gunnar, und meistens war das auch nur Zufall – und nach dem dritten Versuch gab Oskar auf. Immerhin bellte Batman nicht mehr. Er **watschelte** nur noch **schwanzwedelnd** im Flur herum.

»Wir könnten ja in dein Zimmer gehen«, sagte Emma. »Übrigens, hast du was zu essen für mich? Ich habe nämlich gewaltigen Hunger, weil …«

Die Klingel ging erneut und gleichzeitig wurde nachdrücklich an die Wohnungstür gepocht.

»Nicht aufmachen«, flüsterte Emma. »Auf keinen Fall. Das ist viel zu gefährlich.«

»Aber es ist doch nur Frau Racletti. Sie will bestimmt wissen, was …«

»**Pst**.«

Oskar kam es wie eine Ewigkeit vor, bis das Klingeln und

Klopfen endlich verstummte. »Ich glaube …«, sagte er, aber Emma fiel ihm ins Wort. »Glauben ist nicht wissen. Ich weiß nur eins, wir müssen vorsichtig sein. Und leise. Die Gefahr ist näher, als man denkt.«

Er kapierte zwar nicht genau, was sie meinte, aber weil ihre Stimme so ernst klang, nickte er. »Ich mach dir ein Brot«, schlug er flüsternd vor. »Und mir auch.«

Sie kam mit in die Küche, wo er sich ausnahmsweise besonders viel Mühe gab. Sorgfältig schmierte er Käsebrote und verteilte Tomatenachtel und dünn geschnittene Gurkenscheiben auf einem großen Teller, während Emma Basilikumblätter klein zupfte und darüberstreute. Genauer gesagt, es sah aus, als würde das Basilikum sich von selbst klein zupfen. Und jetzt konnte man den Eindruck gewinnen, der Teller würde den Flur *entlangschweben* und schließlich vor Oskars Zimmer haltmachen.

»Oh! Gilt das auch für mich?«, fragte Emma.

Oskar brauchte einen Moment, bis ihm klar wurde, dass sie damit wohl das Schild an seiner Tür meinte.

»Nein, auf keinen Fall. Das gilt sowieso nur für Gunnar.« Am liebsten hätte er das blöde Warnschild abgerissen, aber dafür war es jetzt zu spät. Er konnte nur hoffen, dass es in seinem Zimmer nicht allzu **chaotisch** aussah. Aber wie hätte er auch mit Besuch rechnen können?

»Wer ist Gunnar?«, erkundigte Emma sich, während er möglichst unauffällig versuchte, die Socken, die seit Tagen auf dem Boden lagen, unters Bett zu kicken. »Dein Vater?«

»Nee. So 'ne Art Stiefvater. Ist der Freund von Marlen. Das ist meine Mutter«, sagte er, während er Annabelles Käfig öffnete und ihr ein Büschel Basilikum hinhielt.

»Süß! Ein schwarzes Meerschweinchen! Darf ich es mal halten?«, fragte Emma und drückte Oskar den Teller in die Hand.

Annabelle schwebte für einige Sekunden in der Luft und blieb dann ein paar Handbreit über dem Fußboden sitzen; vermutlich hielt Emma sie auf dem Arm. Oskar ließ sich neben ihr nieder. Eine andere Sitzmöglichkeit als den Boden gab es nicht. Auf dem Bett lagen sämtliche Comics, die er besaß, denn eigentlich hatte er sie an diesem letzten Ferientag endlich sortieren wollen, und den Schreibtischstuhl hatte er auseinandergebaut, neulich, als es den ganzen Tag geregnet hatte und ihm schrecklich langweilig gewesen war. Fasziniert beobachtete er, wie eines der Käsebrote sich durch die Luft bewegte und davon abgebissen wurde.

»Lecker«, sagte Emma. Eine Weile war es still, dann meinte sie: »Du wärst übrigens auch ein guter Kunde für den USC.«

»USC?«, fragte er verblüfft. »Wie kommst du denn darauf? Ich will lieber nicht unsichtbar werden.«

Sie **prustete**, während sich ein Sockenpaar wie von selbst daranmachte, durchs Zimmer zu rollen. »Ich meine doch nicht dich. Ich meine das, was hier herumliegt. Der USC ist eigentlich zum Aufräumen gedacht, wenn überraschend Besuch kommt oder so.«

Oskar spürte, wie er einen roten Kopf bekam. »Ach so, zum Aufräumen«, murmelte er verlegen. »Ja, das klingt gut.«

Emma schien aufgestanden zu sein, denn plötzlich befand sich Annabelle einen Meter über dem Boden. »Ehrlich, das ist eine wahnsinnige Sache. Wenn du zum Beispiel diese Socke hier verschwinden lassen willst …« – bei diesen Worten fischte sie eine einzelne weiße Sportsocke unter Oskars Bett hervor – »musst du sie nur mit dem USC ein paar Sekunden lang scannen. Und **SCHWUPPS**!, schon ist sie verschwunden.«

»Das funktioniert?«, fragte er, während er die Socke zurück unters Bett beförderte. »Mein Zimmer wäre in …«, er überlegte kurz »… in zwanzig Sekunden aufgeräumt?«

»Eine Minute musst du wahrscheinlich schon rechnen, es liegt nämlich wirklich sehr viel herum. Und unterm Bett …«

»Schon in Ordnung«, unterbrach Oskar sie. Auf gar keinen Fall wollte er, dass Emma das Chaos unter dem Bett genauer in Augenschein nahm. Außerdem war ihm gerade eine andere Idee gekommen. »Könnte man mit dem **USC** auch Gunnar unsichtbar machen? Nicht auf Dauer, nur mal so für zwischendurch«, fügte er hinzu, weil Emma nicht antwortete.

»Natürlich«, hörte er sie sagen. »Du wirst Gunnar dann nicht mehr sehen, aber er ist immer noch zu hören.«

Oskar nickte. Vielleicht war es doch keine so **geniale** Idee, wie er gedacht hatte. Denn Gunnar wäre ja immer noch da, er würde sich gewaltig aufregen und dann wäre Marlen traurig, und das ging auf gar keinen Fall.

Emma räusperte sich. »Du magst Gunnar nicht besonders?«

Er zuckte mit den Schultern, während er Annabelle ein besonders großes Basilikumblatt hinhielt. »Geht so. Ich fand's jedenfalls schöner, als er noch nicht bei uns gewohnt hat. Weißt du, er mischt sich dauernd ein und das **nervt tierisch**. Ich stell mir vor, wie er glotzt, wenn ich mit dem USC die Wohnung aufräume. Ich könnte ja zum Beispiel alle Möbel verschwinden lassen.«

Sie kicherte. »Freu dich schon mal darauf. Du kriegst den USC auf alle Fälle. Tante

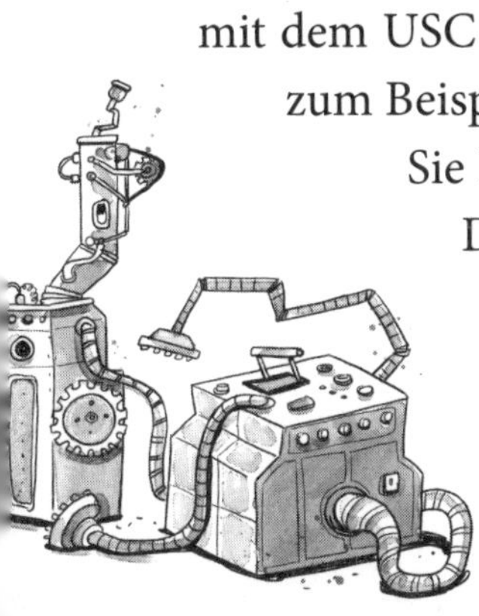

Millie hat mir versprochen, dass ich ihn ausleihen darf, wenn er wieder geht. Aber zuerst muss sie damit wahnsinnig viel Geld verdienen. Dazu sollte er aber wieder richtig funktionieren. Leider ging ja der **Preventer** kaputt, er hat Funken gesprüht und …« Sie verstummte. Anscheinend hatte sie Annabelle abgesetzt, denn das Meerschweinchen sauste gerade unter den Schrank.

»Wo bist du?«, fragte Oskar und blickte sich um, vergeblich natürlich.

»Hier. Am Fenster«, sagte Emma. »Ich weiß, es ist blöd, mit jemandem zu reden, wenn man ihn nicht sieht. Aber stell dir einfach vor, du würdest telefonieren. Und jetzt nicht erschrecken, ich setz mich hin.«

Er spürte einen zarten *Lufthauch* und dann schien sie wieder neben ihm zu sitzen. »Wie ist das eigentlich? Unsichtbar zu sein?«, fragte er vorsichtig.

»Geht so. Ich kann meine Zähne putzen und mir die Haare bürsten, aber wenn ich in den Spiegel schaue, ist da nichts. Das ist dann schon ziemlich krass. Ehrlich gesagt, ich wäre gern wieder sichtbar. Vor allem wegen Oma. Nächste Woche kommt sie zu Besuch und ich will lieber gar nicht daran denken, was sie sagt, wenn ich dann immer noch **unsichtbar** bin.« Emma seufzte. »Du musst wissen, sie ist nämlich die liebste Oma der Welt.

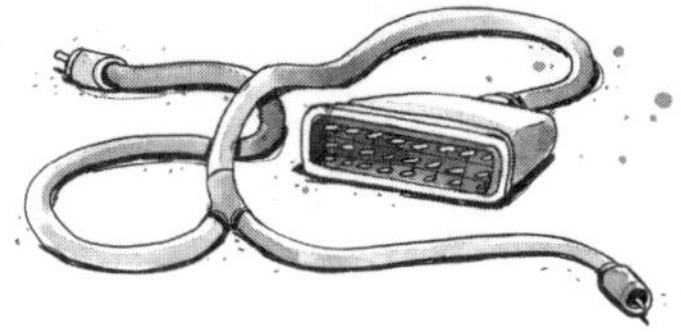

Sie schimpft fast nie, und falls doch, dann nur ein kleines bisschen. Mein Papa arbeitet oft im Ausland und meine Mama besucht ihn dann immer. Das ist ziemlich bescheuert, das kannst du mir glauben.«

Oskar nickte, aber eigentlich fand er die Vorstellung, dass zum Beispiel Gunnar eine Zeit lang im Ausland sein könnte, gar nicht so übel. »Und was ist mit dir?«, fragte er. »Du kannst doch nicht allein zu Hause bleiben.«

»Früher, als wir noch in Hamburg gewohnt haben, durfte ich immer bei Oma wohnen. Jetzt kümmert sich Tante Millie um mich. Die Ärmste. Ich fürchte, sie kriegt ziemlichen Ärger, wenn sie meinen Eltern das mit dem USC erklären muss. Ist dir klar, dass du unsere **letzte Hoffnung** bist?«

Oskar nickte. »Wozu braucht sie überhaupt das Geld?«, fragte er schnell, denn das Thema war ihm ziemlich unangenehm. Er machte sich Vorwürfe, denn wäre er schneller gewesen, würde der USC schon längst wieder funktionieren und Emma hätte weniger Kummer. Sie war traurig; er spürte es. »Und warum geht sie eigentlich nicht selbst zum *Elektro-King*? Sie hätte doch schon …«

»Das ist schwer zu erklären«, unterbrach sie ihn. »Es gibt noch einiges, was du nicht weißt. Vielleicht ist es auch besser, wenn du manches nicht erfährst, es könnte nämlich für dich sehr gefährlich werden. Es gibt leider Menschen, die anderen schaden wollen und …« Ihre Stimme wurde immer leiser, bis Oskar sie nicht mehr verstehen konnte. Er wollte gerade etwas fragen, da fuhr sie lauter fort: »Das Geld benötigt Tante Millie, weil Edison Castle versteigert werden soll. Wenn sie das verhindern will, braucht sie mehr als eine Million Pfund.«

»Ah ja«, sagte er. Es klang zweifelnd und er hörte Emma leise *seufzen*.

»Also gut, dann verrate ich es dir eben. Es ist aber total geheim, so was von geheim, das kannst du dir gar nicht vorstellen. Versprich mir, dass du es keiner Menschenseele erzählst, egal, was auch passiert. Steh auf und schwöre, dass du **schweigen wirst wie ein Grab**. Schwör es beim Leben von Annabelle!«

»Ich schwöre es!«, sagte er feierlich, nachdem sie Annabelle mit dem letzten Basilikumblatt unter dem Schrank hervorgelockt und ihm in die Hand gedrückt hatte. »Ich schwöre es beim Leben von Annabelle!«

Emma räusperte sich. »Also gut! Edison Castle steht in Schottland, ein paar Kilometer hinter der englischen Grenze. Es ist ein ziemlich altes Schloss, und es gehört eigentlich Tante Millie. Und dann gibt es Lord Sinclair, das ist ein entfernter Verwandter, und er versucht schon seit Jahrhunderten, an das Schloss zu kommen, weil dort angeblich ein **Schatz** aus dem fünfzehnten Jahrhundert vergraben ist. Vor ein paar Monaten wurde auf einmal die Versteigerung von Edison Castle angekündigt. Tante Millie ist ganz sicher, dass Lord Sinclair dahintersteckt. Das Dumme an der Sache ist«, sie holte tief Luft, »es lässt sich nicht mehr rückgängig machen. Tante Millie sagt, es sei offiziell. Und Lord Sinclair hofft jetzt, dass er das Schloss ganz billig bekommt. Er hat Tante Millie schon gezwungen auszuziehen und darum muss sie als Englischlehrerin arbeiten. Auch Tante Jane Eins und Tante Jane Zwei und die anderen müssen demnächst ausziehen. Jetzt hat Tante Millie von einer Freundin gehört, dass **Pittmaloney** vom USC erfahren hat. Er ist eigentlich Taxifahrer in London, aber manchmal arbeitet er für Lord Sinclair. Tante Millie befürchtet, dass er den USC klauen will. Verstehst du?«

Oskar nickte. Ihm brummte der Kopf. Edison Castle, Tante Jane Eins und Tante Jane Zwei, Lord Sinclair, Pittmaloney …

»Deshalb muss das mit dem USC möglichst schnell hinhauen. Und niemand darf erfahren, dass Tante Millie den **Preventer** braucht. Holst du ihn bitte gleich morgen früh?«

»Ja, das habe ich doch versprochen. Ich bringe ihn auch …« Erschrocken verstummte er. Bildete er sich das ein oder waren tatsächlich Stimmen im Flur zu hören?

»Oskar?« Marlen stand in der Tür, einen Pappteller mit einem Pizzastück in der Hand. »Mit wem redest du?«, fragte sie erstaunt.

Er fuhr herum und sah gerade noch, wie Annabelle in den Flur huschte. »Mit niemand.«

Draußen war in sicherer Entfernung Gunnar aufgetaucht. »Probleme?«, rief er.

»Ich weiß nicht!«, rief Marlen zurück. Sie hielt Oskar das Pizzastück hin. »Hier. Iss erst mal. Und seit wann führst du Selbstgespräche? Muss ich mir jetzt Sorgen um dich machen?«

»Nein, musst du nicht«, murmelte er und griff nach seinem Deutschbuch, das auf dem Boden lag. »Ich lerne bloß ein Gedicht auswendig.«

»**Gedicht?**« Ihre Stimme klang ungläubig.

Er konnte nur hoffen, dass weder Marlen noch Gunnar bemerkten, wie mit einem Mal die Wohnungstür aufging und Sekunden später leise wieder zugezogen wurde.

6. Kapitel

Es dauerte dann doch eine ganze Weile, bis er Marlen davon überzeugt hatte, dass alles wirklich völlig harmlos war. »Nein«, sagte er, weil sie immer noch in der Tür stand und ihn besorgt anblickte. »Ganz im Ernst, ich habe keine Selbstgespräche geführt.« Zum Glück war ihm jetzt das Gedicht eingefallen, das die ganze Klasse als Strafarbeit hatte auswendig lernen müssen, und er legte los: »Wenn Berge und Täler verschwimmen im Dunst und das Blau des Mondes sich spiegelt unter …«

Er stockte, denn weiter wusste er nicht. Das fiel aber nicht auf, weil Gunnar in diesem Moment einen **gewaltigen Niesanfall** bekam. Hastig schloss Marlen die Zimmertür und warf Oskar einen vorwurfsvollen Blick zu. »Du weißt doch, er verträgt Annabelle nicht«, flüsterte sie ihm zu, als wäre er schuld daran, dass die Tür so lange offen gestanden hatte. »Du musst schon ein bisschen besser aufpassen.«

Oskar nickte und während sich Marlen und der immer noch heftig niesende Gunnar ins Wohnzimmer verzogen, machte er sich auf die Suche nach Annabelle. Vermutlich war sie ins Bad ausgebüxt. Dort hatte sie sich in der Vor-Gunnar-Zeit immer auf eine ganz bestimmte Fliese gelegt, unter der ein Heizungsrohr verlief. Und genau dort entdeckte Oskar sie auch. Behutsam nahm er sie auf den Arm und schlich am Wohnzimmer vorbei. Durch die angelehnte Tür hörte er, wie Marlen davon sprach, dass man mit Oskar vielleicht doch besser zu einem Psychologen gehen sollte.

Gunnar nieste, dann verkündete er: »Psychologe? Kostet bloß und taugt nichts.« Oskar hörte, wie das Notebook hochfuhr. »Wenn Oskar Gedichte eben am besten lernt, wenn er sie laut aufsagt, ist doch alles in bester Ordnung.« Dabei lachte er vergnügt. Marlen lachte auch, aber eher zögerlich, und sogar Oskar lachte im Flur schließlich leise mit.

Eines war schon mal sicher: Kein Wort würden die beiden im Wohnzimmer je von dem erfahren, was Emma ihm anvertraut hatte. Er hoffte nur, dass er auch das, was er sich zudem geschworen hatte, einhalten konnte. Denn er hatte sich vorgenommen, alles dafür zu tun, damit der Scanner endlich richtig funktionierte. Das hieß, so schnell wie möglich den **Preventer** zu besorgen.

Ein paarmal kontrollierte Oskar in dieser Nacht, ob er den Wecker auch richtig gestellt hatte, und wachte schließlich schon vor dem Klingeln auf. Es war der letzte Ferientag und dementsprechend erstaunt blickte Marlen ihn über den Rand ihrer Kaffeetasse an, als er schon kurz nach halb acht an der Küche vorbeischlich.

»Halt, warte«, flüsterte sie. Laut zu reden traute sie sich nicht, denn Gunnar war bis spät in die Nacht vor dem Computer gesessen und schlief jetzt noch. »Wo willst du denn hin? Um diese Uhrzeit? Du hast noch nicht einmal gefrühstückt. Oskar, was ist bloß los mit dir?«

»Ich geh joggen«, schwindelte er, denn ihm war klar, dass Marlen jetzt einen triftigen Grund hören wollte.

»Training. Vielleicht mach ich ja nächstes Jahr wieder bei der Stadtmeisterschaft mit.«

Sie kam auf ihn zu, zupfte einen Fussel von seinem T-Shirt und strahlte ihn an. »Mensch, Oskar, ja, mach das. Ich will dich mal wieder auf dem **Siegertreppchen** sehen. Weißt du noch, vor zwei Jahren? Als du gewonnen hast?«

»Ja, war toll«, murmelte er und trippelte im Flur ein bisschen hin und her, als würde er sich warm laufen.

Marlen **boxte** ihn lachend in den Oberarm. »Dann aber los. Zieh dir was über, es regnet. Und nimm Batman mit. Der muss dringend raus.«

Der Mops passte jetzt überhaupt nicht in Oskars Plan, aber wie es aussah, würde ihm nichts anderes übrig bleiben. Er griff nach der Leine und machte, dass er aus der Wohnung kam, bevor Marlen womöglich einfiel, er könne doch auch gleich noch Brötchen holen gehen.

Aus dem Donnergrollen vom gestrigen Nachmittag war über Nacht ein schweres Gewitter geworden; es hatte sich gewaltig abgekühlt und außerdem nieselte es leicht. Oskar fröstelte trotz der Jacke, die er sich noch schnell übergezogen hatte, aber beim Laufen würde ihm bald warm werden. Denn pünktlich um acht wollte er vor dem Elektromarkt stehen und spätestens um neun würde er bei Miss Edison an die Tür klopfen. Vielleicht würde sie ihm sogar erlauben, beim Scannen zuzuschauen; immerhin war er ja derjenige, der den neuen **Preventer** besorgt hatte, und außerdem kannte er ihr Geheimnis.

Er rannte los, zog den widerstrebenden Batman hinter sich her, der viel lieber gemütlich einen Laternenpfahl nach dem anderen untersucht hätte, und wäre auch Punkt acht in der Bachlerstraße gewesen, wenn nicht Fynn, der anscheinend gerade eine Zeitung geholt hatte, plötzlich seinen Weg gekreuzt hätte. Zwar machte Fynn ohne seine Brüder einen eher harmlosen Eindruck, aber weil man nie wusste, wo der Rest der Gang steckte, schlich Oskar lieber durchs Gebüsch. Das kostete ihn zwar zehn Minuten, aber die würde er auf dem Weg zu Miss Edison durch etwas mehr Tempo mühelos wieder wettmachen.

»**Hunde müssen draußen bleiben!**«, hörte er jemanden rufen, als er den *Elektro-King* betrat.

Oskar machte kehrt. Es war eindeutig keine gute Idee gewesen, Batman mitzunehmen. Gunnar hatte ihm immer wieder eingeschärft, den Mops niemals aus den Augen zu lassen, Batman sei eine Stange Geld wert und heutzutage würden Diebe ja vor nichts mehr zurückschrecken. Aber in diesem speziellen Fall konnte Oskar darauf keine Rücksicht nehmen. Außerdem hoffte er, dass Batman sich nicht so einfach klauen ließ.

Trotzdem hatte er ein ziemlich schlechtes Gewissen, als er den Mops dort anband, wo das Schild *Hundeparkplatz* stand. »Wenn jemand kommt, den du nicht magst, bellst du, so laut du kannst«, sagte er. »Das kriegst du doch hin, oder?«

Wie auf Kommando **wuffte** Batman los und Oskar, der sich auf dem kurzen Weg bis zur Tür noch ein paarmal umschaute, war so einigermaßen beruhigt. Er steuerte den Tresen mit der Aufschrift *Information* an.

»Guten Morgen, ich soll was abholen. Einen …« Er stockte. »So was wie das hier.« Er zog den Preventer aus der Jackentasche. »**Einen Duo-Wechsel-Preventer**«, fügte er erleichtert hinzu. Zum Glück war ihm die Bezeichnung noch eingefallen.

Der Mann im roten Arbeitskittel, auf dessen Brusttasche ein weißes Schild prangte mit der Aufschrift *Hier bedient Sie Herr Pratt – Bei uns ist der Kunde König*, nickte. Mit zusammengekniffenen Augen musterte er den defekten Preventer, den Oskar ihm hinschob. »Ah ja, ich sehe schon, ein **siebenundzwanzigpoliger**. Hm«, machte er dann. »Hm.«

»Ist bestellt und schon bezahlt«, sagte Oskar.

»Hm.« Herr Pratt hielt den Preventer in die Höhe, zog am Kabel, legte alles wieder zurück und runzelte die Stirn.

»Hm«, machte er zum vierten Mal und schüttelte den Kopf. »Gibt es nicht mehr. Wird nicht mehr hergestellt. Ist leider so.«

»Aber … Das kann nicht sein. Der ist doch bestellt.«

Der Blick des Mannes schwenkte langsam vom **Preventer** zu Oskar und dann wieder zurück. »Bestellen kann man vieles. Ob man's dann auch kriegt, ist die andere Frage.« Er strich sich übers Kinn, schien nachzudenken, während Oskar unruhig von einem Bein aufs andere trat. Dann beugte er sich vor und sagte etwas leiser: »Darf ich eigentlich nicht sagen, aber an deiner Stelle würde ich es mal im Internet versuchen. Sieht nach einem englischen Produkt aus. Da kriegt man's vielleicht noch.«

»Im Internet? Aber das dauert viel zu lange!«

Herr Pratt zuckte mit den Schultern. »Ja, das kann dauern. Kann aber auch schnell gehen. Das ist reine Glücksache. Ach ja, und das Geld überweisen wir selbstverständlich zurück.« Er drückte Oskar den kaputten **Preventer** wieder in die Hand und wandte sich dann dem nächsten Kunden zu, der einen schweren Kaffeeautomaten auf den Tresen gewuchtet hatte.

Kurz darauf war klar, dass Herr Pratt leider recht hatte. Sicherheitshalber war Oskar durch den ganzen Laden gelaufen und hatte noch drei weitere Angestellte gefragt.

Aber alle gaben die gleiche Antwort. Dieser Preventer würde nicht mehr hergestellt.

Reichlich frustriert steckte Oskar den Preventer schließlich wieder ein und verließ den *Elektro-King*. Emmas Gesicht, wenn sie davon erfahren würde, wollte er sich lieber nicht vorstellen. Wobei er ihr Gesicht natürlich nicht sehen würde, denn sie war ja immer noch unsichtbar. Und wahrscheinlich würde sie es auch noch eine ganze Weile bleiben müssen. Am liebsten wäre er nach Hause gegangen und hätte sich wieder ins Bett gelegt, die Decke über den Kopf gezogen und den Tag verschlafen, aber das wäre feige. Falls Miss Edison wirklich die geniale Erfinderin war, so musste ihr doch eine Lösung einfallen.

Er war schon fast am Ende der Bachlerstraße angekommen, als er plötzlich spürte, dass etwas nicht stimmte. Irgendetwas war anders als zuvor. Doch was? Unwillkürlich wurde er langsamer und blieb schließlich an der Fußgängerampel stehen, an der er am Tag zuvor auch mit Emma gewartet hatte.

»Emma?«, fragte er halblaut und lauschte. Nein, sie war nicht in der Nähe, bestimmt hätte sie sofort geantwortet. Er wollte gerade loslaufen – die Ampel hatte auf Grün geschaltet –, da wusste er es plötzlich: **Batman!** Er hatte Batman vergessen!

Bitte, lieber Gott, mach, dass Batman noch da ist, flehte er, als er zurückrannte. Ich werde ab sofort mein Zimmer aufräumen und die Hausaufgaben machen und auch Gunnar nett finden und … Sein Puls raste, als er sich dem *Elektro-King* näherte. Trotz des lärmenden Verkehrs glaubte er **heiseres Hundegebell** zu hören. »Ja!«, stieß er aus. »Batman, du bist der Größte! Du bist …« Er verstummte. Ungläubig starrte er dorthin, wo er vorhin den Mops angebunden hatte. Dort lag jetzt ein Schäferhund auf einer Wolldecke und bellte vor sich hin. Von Batman keine Spur!

Wie benommen lehnte Oskar sich an den großen Findling, der verhindern sollte, dass in diesem Teil der Einfahrt geparkt wurde. Der Regen war stärker geworden, aber er spürte es nicht. Sein einziger Gedanke war, wie er es Gunnar erklären sollte. Denn dass **Batman** gestohlen worden war, das war ja wohl sicher. Gunnar hatte oft genug betont, wie sehr man auf Batman aufpassen musste und …

»Alles in Ordnung mit dir?« Eine Frau mit Kinderwagen stand vor ihm. Ihr gehörte wohl der Schäferhund, denn sie löste die Leine und faltete die Decke zusammen. Oskars Mund war wie ausgetrocknet, als er fragte: »Haben Sie einen Mops gesehen? Er war genau an dieser Stelle angebunden und jetzt ist er **weg**.«

Die Frau schüttelte den Kopf, während sie die Decke in dem Korb unter dem Wagen verstaute. »Nein, hier war kein Hund, als wir kamen. Aber … warte mal.« Sie überlegte kurz, zog dann ein Stück Papier aus dem Kinderwagennetz. »Das hing am Haken, als ich Perro anbinden wollte. Keine Ahnung, was es bedeutet. Aber vielleicht hilft es dir ja weiter?«

Du weißt, was du machen musst!

Sonst grillen wir das fette Teil!

Unterzeichnet: T. Gnack

7. Kapitel

»Scheiße«, murmelte Oskar, obwohl das zu den zehn Wörtern gehörte, die Marlen ihm streng untersagt hatte. »Scheiße, Scheiße, Scheiße!«

In hilfloser Wut **trampelte** er auf einer leeren Coladose herum, die irgendjemand einfach auf den Boden geworfen hatte. Seine Gedanken überschlugen sich. Auf gar keinen Fall würde er tun, was die Gnack-Gang von ihm verlangte. Erstens tat man das nicht und wahrscheinlich würde er sich dabei wirklich in die Hose machen und dann die Bezeichnung *Hosenpisser* ganz zu Recht tragen. Außerdem, was würde Marlen sagen, wenn sie davon erfahren würde? Sie wäre **höllisch** enttäuscht, das konnte er ihr einfach nicht antun. Also musste er Batman finden, und zwar möglichst schnell. Nur, wo sollte er suchen? Tobias Gnack konnte ihn doch überall versteckt haben. Oskar brauchte unbedingt jemanden, der ihm half, denn allein würde er es bestimmt nicht schaffen. Bis halb elf musste er Batman

gefunden haben, denn um halb elf stand Gunnar spätestens auf. Flüchtig überlegte er, ob er Nick aus seiner Klasse anrufen sollte. Der ließ ihn hin und wieder die Hausaufgaben abschreiben und war eigentlich ganz nett. Oskar holte sein Handy aus der Hosentasche, aber dann fiel ihm ein, dass er von Nick ja nicht einmal eine Telefonnummer hatte, und er steckte es wieder weg.

Emma! Vielleicht hatte Emma eine Idee. Oder Miss Edison? Ganz wohl war ihm nicht bei diesem Gedanken. Wahrscheinlich würde sie verärgert sein, weil es den Preventer nicht mehr gab. Aber dafür konnte er nun wirklich nichts.

Er wollte schon losrennen, als er sich einbildete, ganz in der Nähe ein Geräusch zu hören. Er fand, es klang irgendwie nach Batman, aber da war nichts. Trotzdem suchte er den riesigen Parkplatz neben dem *Elektro-King* ab, schaute unter alle Autos, rief laut »**Batman! Batman!**«, obwohl ihn die Leute merkwürdig anschauten und die beiden Mädchen, die mit großen Einkaufstüten aus dem Markt kamen, laut zu kichern begannen und sich dann noch ein paarmal nach ihm umdrehten.

Aber alles Rufen und Suchen war zwecklos. Wo auch immer Batman sein mochte – hier war er eindeutig nicht. Also würde nichts anderes übrig bleiben, als auf die Hilfe von Miss Edison zu hoffen.

Nach einer Viertelstunde hatte Oskar das Waldachviertel hinter sich gelassen und lief den schmalen Fußweg neben der Landstraße entlang. Es herrschte Berufsverkehr; im Schritttempo fuhren die Autos an ihm vorbei, mit Licht und wild tanzenden Scheibenwischern, denn es regnete immer noch und schien an diesem Tag überhaupt nicht richtig hell zu werden. An einem hölzernen Wegweiser *Zum Bergsee 2,7 km* bog Oskar in den Wald ab.

»**Nicht erschrecken**. Das bin nur ich!«, hörte er nach wenigen Metern Emma rufen. Den Geräuschen nach kam sie von vorne links auf ihn zu. »Ich dachte, ich gehe dir am besten entgegen. Tante Millie hat heute aus irgendwelchen Gründen **furchtbar** schlechte Laune. Das nervt gewaltig. Sag mal, hast du zufällig auch schlechte Laune?«

»Schlechte Laune? Ich? Nein, wie kommst du darauf?«, fragte Oskar zurück und versuchte zu lächeln. Wenn Emma schlechte Laune nicht leiden konnte, würde er auch keine haben. Er würde sich zumindest bemühen. »Es gibt nur ein paar Schwierigkeiten. Hier, lies mal.« Seine Finger zitterten leicht, als er den Zettel aus seiner Hosentasche zog und glatt strich. »Die Gnack-Gang mal wieder«, fügte er hinzu. Er fand, es klang ziemlich cool, wie er das sagte, und auf gar keinen Fall hörte es sich nach schlechter Laune an.

»Schon klar«, erwiderte sie, nachdem sie die Nachricht gelesen hatte. »Aber ich versteh trotzdem nicht, wer gegrillt werden soll.«

»Kannst du ja nicht wissen. Damit ist Batman gemeint. Sie haben ihn entführt, während ich beim Elektro-King war; ich hatte ihn nämlich draußen angebunden. Und dann ist da auch gleich das nächste Problem. Den **Preventer** gibt es nicht mehr. Kriegt man höchstens noch im Internet. Geht aber wahrscheinlich nicht so schnell.«

»Puh«, machte Emma. »Ich weiß nicht so genau, was meine Eltern davon halten, dass ich plötzlich **unsichtbar**

bin. Und Oma erst! Wie das wohl mit der Schule wird? Ich glaube, ich bin dann die erste unsichtbare Schülerin. Aber das ist vielleicht auch ganz lustig, was meinst du?« Sie lachte zwar, aber ihre Stimme brach und Oskar hatte den Eindruck, dass sie nur mit Mühe die Tränen zurückhielt.

»Kann sein.« Oskar nahm den Zettel, der immer noch in der Luft *schwebte*, und steckte ihn wieder ein. »Ehrlich gesagt, ich mach mir gerade im Moment noch etwas mehr Sorgen wegen Batman. Was meinst du, was Gunnar anstellt, wenn sein Hund weg ist? Können wir nicht Miss Edison fragen, ob sie vielleicht irgendeinen Zauberspruch weiß?«

»Bloß nicht. Ich habe dir doch gesagt, sie hat schlechte Laune. Außerdem ist sie überhaupt keine richtige Hexe, falls du das meinst. Die Leute reden nur so. In Wirklichkeit ist sie eine **geniale** Erfinderin.«

Von wegen, dachte Oskar, das mit dem Unsichtbarkeitsscanner haut ja wohl nicht so ganz hin. Aber er hielt lieber den Mund, denn Emma glaubte anscheinend fest daran, dass ihre Tante genial war. Sie zählte nämlich gerade auf, was Miss Edison angeblich noch alles erfunden hatte außer dem Telefon, dem Hubschrauber und diversen anderen Kleinigkeiten wie der Wunderkerze und den sich selbst reinigenden Schuhen.

Als Emma Luft holen musste, sagte er: »Ich bin dafür, dass wir uns wegen Batman was überlegen. Irgendwas muss uns einfallen.« Eigentlich hatte er auf *den* genialen Einfall von Emma gehofft, der Batman auf der Stelle zurückbringen würde, aber danach sah es im Moment leider nicht aus. Emma hatte nämlich überhaupt keine Idee.

»Wahrscheinlich bleibt mir nichts anderes übrig, als mit Tobias zu reden«, meinte Oskar, als sie schon wieder im Waldachviertel waren. Ihm war eingefallen, dass Tobias in den Ferien manchmal seiner Mutter im Laden helfen musste, beim Ausladen und Einräumen von Obst und Gemüse. Wenn er Glück hatte, würde er ihn dort antreffen. Und vielleicht auch irgendwie herausbekommen, wo Batman **versteckt** war.

»Erzählst du mir jetzt endlich mal, was die Gnacks eigentlich von dir wollen? Ich meine, das Ganze ist doch total unfair, immer drei gegen einen. Und glaubst du, sie **grillen** Batman wirklich? Das ist nicht ernst gemeint, oder?«

Es waren ein bisschen viel Fragen auf einmal, fand Oskar, und die erste davon würde er auch nicht so gern beantworten. Und ob sie Batman tatsächlich grillen würden? »Nein«, sagte er entschlossen. »Das werden sie nicht tun. Wir werden das nämlich **verhindern**!«

In dem kleinen Bioladen von Isolde Gnack drängte sich an diesem Samstagvormittag die Kundschaft, denn weit und breit war es die einzige Möglichkeit, frische Brötchen zu kaufen. Und so dauerte es eine Weile, bis Oskar endlich an der Theke stand. Frau Gnack, die eine **grüne Schürze** mit aufgestickten bunten Blumen trug und einen riesigen Strohhut, lächelte ihn freundlich an. »Was darf es sein?«, fragte sie, um dann gleich hinterherzuschieben: »Ach, du bist es, Oskar. Ich habe dich gar nicht erkannt. Du bist ja gewachsen!«

Sie sagte das in einem Ton, als würde sie das nicht für möglich halten. Oskar nickte verlegen. Zwar war er tatsächlich gewachsen – die geheimen Markierungen an der Innenseite seiner Schranktür waren der Beweis dafür –, aber sein selbst gestecktes Ziel von einem Zentimeter im Vierteljahr hatte er wieder einmal nicht erreicht.

»Du willst bestimmt Tobi besuchen«, meinte sie und schob ihm ein Päckchen **Biokaugummi** hin. »Das ist im Moment aber nicht so günstig. Der Ärmste liegt krank im Bett, und Montag muss er ja wieder fit sein.« Als sie Oskars enttäuschte Miene sah, drehte sie sich zur Seite und rief: »Fynn, geh doch mal rasch nach oben! Frag Tobi, ob ein kurzer Besuch drin ist!«

Fynn **knallte** den Karton mit Nudeln, die er ins Regal einräumen sollte, auf den Boden, zog eine Grimasse in Richtung Oskar und verschwand durch die Schwingtür. Gleich darauf war zu hören, wie er die Holztreppe ins Obergeschoss **hochtrampelte**, wo Gnacks ihre Wohnung hatten.

Wenig später streckte er den Kopf auch schon wieder durch die Tür. »Geht nicht, Tobi schläft«, sagte er.

Oskar schluckte. Hätte er sich eigentlich denken können, dass die Gnacks nicht verhandelten. »Wir müssen uns irgendwas anderes einfallen lassen«, sagte er leise, als er wieder draußen vor dem Laden stand. »Emma? … Wo bist du?« Keine Antwort. Er ging ein paar Schritte weiter. »Emma?«

Doch egal, wie oft er rief und ob er nun in die eine oder in die andere Richtung ging, von Emma keine Spur. Dabei drängte die Zeit. Denn falls die Uhr an der Sparkasse gegenüber stimmte – und es gab leider keinen Grund, daran zu zweifeln –, war es bereits Viertel vor zehn. In einer Dreiviertelstunde würde Gunnar aufstehen und feststellen …

»**Bingo!**«, hörte er Emma neben sich kichern. »Manchmal ist es doch sehr praktisch, unsichtbar zu sein.«

»Wo warst du?«

Emma kicherte immer noch. »Wie sagt man? In der

Höhle des Löwen? Ich bin einfach hinter Fynn hergeschlichen und habe festgestellt …«

»Jetzt sag schon! Mach's nicht so spannend!«

»… dass Tobias überhaupt nicht krank im Bett liegt. Übrigens, du solltest sehen, wie es bei den Gnacks aussieht. Ein klarer Fall für den **USC**. Tante Millie meint, der sei 'ne echte Marktlücke und ich glaube, sie hat recht. Ja, ich weiß, das interessiert dich im Moment nicht so. Also, was ich eigentlich erzählen wollte … Fynn hat Tobias angerufen und ihm gesagt, dass du im Laden stehst und was er jetzt machen soll. Und er hat ihn gefragt, ob er noch immer im Gartenhaus ist.«

»Du bist **super**«, sagte Oskar voller Bewunderung.

»Und unsichtbar«, ergänzte Emma. »Bevor wir uns um den Preventer kümmern, befreien wir rasch deinen Batman. Ich weiß nämlich zufällig, wo das Gartenhaus ist.«

8. Kapitel

Von diesem Gartenhaus hatte Oskar schon gehört. Tobias' große **Geburtstagsparty** vor einem Monat hatte dort stattgefunden und in der Klasse gab es tagelang kein anderes Gesprächsthema mehr. Einige der Jungs wollten

dort auch übernachten und fast alle aus der Klasse waren eingeladen gewesen – außer Oskar natürlich. Aber wahrscheinlich wäre er auch nicht hingegangen.

»Warst du auch bei der Party?«, fragte er Emma. Sie rannte neben ihm her; er konnte sie atmen hören.

»Party? … Ach so, du meinst diese Geburtstagsparty … Nein, war ich nicht. Geht's vielleicht auch ein bisschen langsamer? Das ist viel zu schnell für mich.«

»Na klar«, sagte Oskar und blieb einen Moment stehen. »Entschuldige, ich hab nicht daran gedacht.«

»Du musst dich nicht dauernd entschuldigen.«

Fast wäre Oskar erneut eine Entschuldigung herausgerutscht. Aber Emma hätte es sowieso nicht mitbekommen, sie war nämlich abgelenkt. »Schau mal, dort drüben. Der *Regenbogen*. Der bringt bestimmt Glück.«

»Dort drüben? Wo?«, fragte er zurück, aber dann hatte auch er den Regenbogen entdeckt, der sich in zarten Farben über den Wiesen und Feldern spannte. Dass ein Regenbogen Glück bringen würde, hatte er zwar noch nie gehört, aber vielleicht stimmte es ja.

»Falls du's genau wissen willst, ich war nicht zur Party eingeladen«, sagte sie. »Aber ich habe Lilis Einladung gesehen und da stand auf der Rückseite eine Wegbeschreibung drauf. An die erinnere ich mich genau.«

»Die hast du dir gemerkt? Echt?« Oskars Stimme klang bewundernd.

»Klar. Wenn ich will, kann ich mir alles merken.«

»Dann müsstest du eigentlich auch irre gute Noten haben«, meinte Oskar.

»Geht so«, erwiderte sie knapp. »Aber wir müssen jetzt nicht über die Schule reden.«

Sie rannten über matschige Feldwege, bis sie zu einer alten hölzernen Brücke kamen, die über einen Seitenarm der Waldach führte, und durchquerten einen lichten Birkenwald, als hinter einer scharfen Biegung die Schrebergärten auftauchten.

»Hier muss es sein«, murmelte Emma. »Dort drüben, wo die Tanne steht. Ja, da muss es sein. Ich bin mir ganz sicher. Tobias fällt bestimmt in Ohnmacht, wenn er dich gleich sieht.«

Das wäre mir am liebsten, dachte Oskar, dann schnappe ich mir nämlich Batman und verschwinde, bevor Tobias auch nur mitkriegt, was passiert ist. Er stieg über ein rostiges Kinderfahrrad, das mitten auf dem Weg lag, und schob vorsichtig das quietschende Gartentor auf.

»Du kriegst das hin«, hörte er Emma leise sagen.

Er nickte, während er den holprigen Plattenweg zum Gartenhaus entlangging. Nichts deutete darauf hin, dass hier irgendjemand war. Kein Bellen, kein Geräusch, nichts, und er befürchtete schon, die Gnack-Gang könnte eine falsche Fährte gelegt haben. Aber in dem Moment, als er sich zu Emma umdrehen und ihr das sagen wollte, öffnete sich die Tür des Gartenhauses.

Tobias Gnack stand da, im blauen Jogginganzug, breitbeinig wie immer, und biss wieder mal in einen Apfel. »Ich kann mich nicht erinnern, dass ich den Hosenpisser eingeladen habe«, sagte er und fasste sich dann an die Stirn, als sei ihm plötzlich etwas eingefallen. »Ach so, du willst das fette Teil zurückhaben. Ehrlich, ich bin verdammt froh, wenn ich den wieder los bin. Der **schnarcht** dir die Ohren ab, das hältst du nicht aus. Ehrlich, den loszuwerden ist wie 'ne Eins in Mathe.«

Oskar starrte ihn ungläubig an. Hieß das womöglich, er würde Batman problemlos zurückbekommen? »Wo ist er?«, fragte er.

»Komm rein, guck dir den verpennten Köter an.« Tobias deutete mit dem Daumen hinter sich und stieß dann die Tür weit auf. Inmitten von **Gerümpel** und Werkzeugkisten lag Batman auf einer alten Matratze. Seine Leine war um einen Sonnenschirmständer gewickelt und sein

Schnarchen war nicht zu überhören. Wie es aussah, hatte der Mops seine Entführung einfach verpennt. Erleichtert machte Oskar ein paar Schritte auf ihn zu.

»Sekunde mal. Wir müssen erst noch was klären«, sagte Tobias. Er war hinter ihm hergekommen und verstellte ihm jetzt mit verschränkten Armen den Weg. »Ich hab dir alle Computerspiele aufgeschrieben. Nicht dass du hinterher behauptest, du hast sie nicht mehr gewusst oder so was Blödes. Übrigens sind es inzwischen fünf. Und wenn du nicht endlich spurst, werden es sechs. Darauf kannst du wetten.« Er drückte Oskar ein Blatt in die Hand, das aus einem Schulheft herausgerissen war, und blickte dann auf seine Armbanduhr. »Ich geb dir Zeit bis halb zwölf. Wenn du dann nicht zurück bist, ist die **Schnarchnase** hier dran … Du weißt schon.«

Oskar ballte die Fäuste. Aber Tobias war einen Kopf größer als er und noch nie hatte er eine Rauferei mit ihm gewonnen. Jedes Mal war er mit blauen Flecken nach Hause geschlichen und der Erkenntnis, dass er gegen die Gnack-Gang einfach nicht ankam.

Tobias rollte mit den Augen. »Mannomann, Hosenpisser, mach endlich los! Worauf wartest du? Einen Tipp geb ich dir noch: Lass dich nicht erwischen. Was meinst du, was deine Alten sagen, wenn die Polizei dich nach Hause bringt? Und das bloß, weil du dich beim Klauen zu dämlich angestellt hast. Und jetzt verschwinde endlich, ich hab noch was Wichtigeres zu tun.«

Verzweifelt überlegte Oskar, was passieren würde, wenn er Batman »**Los, fass!**« zurufen würde. Vermutlich nichts. Batman hatte wahrscheinlich nicht einmal die leiseste Ahnung, was »Fass!« bedeutete. Und falls doch, so war es sehr zweifelhaft, ob er gehorcht hätte. Wo blieb nur Emma? Weshalb unternahm sie denn nichts? Die ganze Zeit über hatte er gehofft, sie würde endlich eingreifen, doch nichts war geschehen.

»Ich hab gesagt, du kannst jetzt **abhauen**«, wiederholte Tobias und gähnte. Er stöpselte sich Ohrhörer ein, ließ sich in einen abgewetzten Ledersessel fallen und griff gelangweilt nach der Chipstüte, die auf dem Boden lag.

Wie gebannt blickte Oskar auf das Gerümpel hinter ihm. Hatte sich da nicht eben etwas bewegt? Er hörte ein Rascheln, irgendetwas **klirrte** und dann schwebte plötzlich eine kleine gelbe Plastiktüte heran, dicht an Tobias vorbei, der sich verblüfft die Ohrhörer herausriss. »Was 'n da los? Spinn ich jetzt oder wie oder was?«

Auch Oskar staunte. Zwar war ihm sofort klar, dass es sich nur um Emma handeln konnte, aber was war mit der Plastiktüte? Wollte Emma ihm damit ein Zeichen geben?

Mit offenem Mund saß Tobias da, während sich die Plastiktüte nun auf den Badezimmerhocker legte, der früher einmal zum Haushalt seiner Großeltern gehört hatte. Und wie von selbst wickelte sich die Hundeleine vom Sonnenschirmständer ab und zog Batman nach draußen. Daneben hüpfte die Plastiktüte, die sich plötzlich wieder selbstständig gemacht hatte, durch die Luft, den Plattenweg entlang. Erst als sich das Gartentor mit einem kurzen Quietschen schloss, klappte Tobias den Mund wieder zu. Mit schreckgeweiteten Augen griff er nach Oskars Arm. »Hast du das gesehen? Das geht doch nicht, so 'ne Tüte kann doch nicht … Nein! Und die Leine! Ich hab sie extra dreimal rumgewickelt und … Oskar! Was war das?«

Oskar konnte nicht anders, er musste grinsen. Denn der obercoole Tobias, Chef der Gnack-Gang, der von ihm verlangt hatte, fünf Computerspiele zu klauen, machte sich gerade ziemlich in die Hose.

»Du hast es doch auch gesehen? Oder werd ich jetzt verrückt? Sag doch was!«, flehte Tobias.

Oskar zuckte nur mit den Schultern, als er sich umdrehte und nach draußen ging.

»Halt! Warte! Du kannst mich jetzt nicht allein lassen!«, rief Tobias ihm nach.

Aber da war Oskar schon weg. Leichtfüßig lief er den

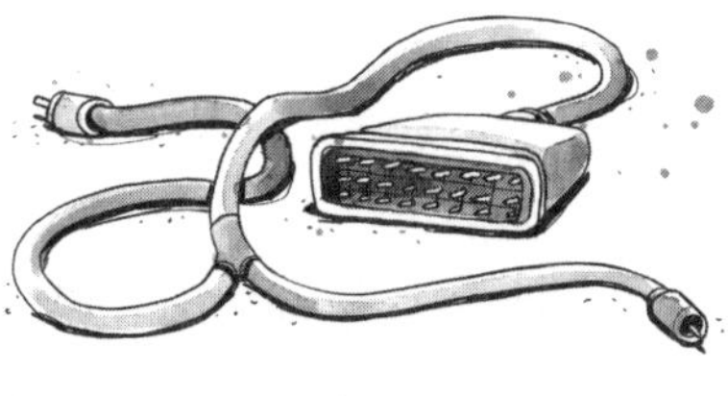

Weg zurück. Eine Weile noch hörte er Tobias **brüllen**, er solle auf der Stelle zurückkommen, sonst würde was passieren. Aber das interessierte ihn alles nicht. Das Einzige, was ihn beschäftigte, war die Frage: Wo steckten bloß Emma und Batman?

9. Kapitel

Von der Michaelikirche schlug es Mittag, als Oskar die Suche aufgab. Bestimmt drei Mal war er die Bachlerstraße entlanggelaufen, hatte nochmals beim Elektro-Markt geschaut, war sogar bis zu Gnacks Bioladen gerannt. Aber nirgendwo entdeckte er auch nur eine Spur von Batman, von Emma ganz zu schweigen. Sollten die beiden bei Miss Edison sein? Nein, das war unwahrscheinlich, den weiten Weg würde Batman niemals schaffen. Oskar holte tief Luft. Es würde ihm vermutlich doch nichts anderes übrig bleiben, als nach Hause zu gehen und Gunnar zu gestehen, dass Batman verschwunden war.

Wobei er das immer noch nicht ganz kapierte. Emma hatte ihn doch befreit. Aber wo war sie denn abgeblieben?

Er trottete den schmalen Durchgang von der Bachlerstraße in die Ankerstraße hinüber, überquerte den neuen Abenteuerspielplatz, auf dem aber nur selten Kinder zu sehen waren, ging über den Parkplatz und stand schließlich vor dem Hochhaus. Die gläserne Eingangstür war nur angelehnt. Anscheinend zog gerade jemand ein, denn vor dem Aufzug türmten sich Umzugskisten und der Flur war bis hinten zur Kellertür vollgestellt mit Möbeln.

Oskar überlegte, ob er die Treppe nehmen sollte (er hatte schon einmal eine geschlagene halbe Stunde auf den Aufzug gewartet, den einer der Mieter einfach mit einer Sprudelkiste blockiert hatte), aber weil er es überhaupt nicht eilig hatte, beschloss er zu warten. Zwar würde das auch nichts ändern, aber vielleicht war ja Gunnars Laune nach dem Mittagessen etwas besser. Erst jetzt merkte er, wie hungrig er war. Die Kaugummis von Frau Gnack fielen ihm ein. Na ja, satt wurde man davon auch nicht, aber immerhin. Während er in seiner Hosentasche danach kramte, hörte er ein Geräusch, das ihm sehr bekannt vorkam. »**Batman?**«, rief er und schaute sich um.

»Oskar?« Das war eindeutig Emmas Stimme. »Na endlich! Ich dachte schon, du kommst nicht mehr.«

»Emma? Wo bist du?«

»**Pst!** Nicht so laut.« Das Regal, das neben der Kellertür stand, wurde zur Seite geschoben und Oskar entdeckte Batman, wie üblich mal wieder schlafend.

»Warum hast du nicht auf mich gewartet?«

»Pst!«, machte Emma erneut und dann schwebte die

Plastiktüte auf ihn zu. »Wir müssen vorsichtig sein. Ich hab dir doch von Lord Sinclair und **Pittmaloney** erzählt.« Sie atmete tief aus. »Tante Millie hat vor den Ferien ein Auto mit dunklen Scheiben und englischer Nummer in der Nähe der Schule entdeckt und sie meint, das würde leider ziemlich nach Pittmaloney aussehen.«

»Aber warum …«, fing Oskar erneut an.

Emma ließ ihn erst gar nicht zu Wort kommen. »Ich wollte wirklich auf dich warten, vorsichtshalber ein Stück weit vom Gartenhaus entfernt, falls Tobias dich verfolgt hätte.«

»Aber Tatsache ist, dass du nicht gewartet hast. Warum bist du mit der Tüte durch die halbe Stadt gelaufen? Das ist doch gefährlich.«

Sie lachte. »Eigentlich schon. Aber nicht, wenn Batman dabei ist. Du musst gar nicht so erstaunt schauen, Batman ist wirklich ein *kluger* Hund. Also … Ich habe an der Brücke auf dich gewartet und plötzlich sehe ich, wie ein Auto mit dunklen Scheiben die Straße entlangkam. Mein erster Gedanke war natürlich die Plastiktüte und ich wollte sie schon im hohen Gras verstecken, als mir eine viel bessere Idee kam. Batman nämlich. Ich habe ihm die Tüte hingehalten und er hat sie sofort ins Maul genommen. **Wahnsinn!** Ich finde, Batman ist ein ziemlich cleverer Hund.«

»Batman?« Oskar klang ungläubig. »Du redest von *unserem* Batman?«

»Genau von dem«, bekräftigte Emma. »Und als ich ihm ins Ohr geflüstert habe, dass er schnell nach Hause laufen soll, da hatte er es total eilig. Er ist losgerannt und er hat die Tüte kein einziges Mal fallen lassen. Dafür hat er ein dickes Lob verdient.« Sie drückte Oskar die Tüte in die Hand. »Und jetzt schau mal, was ich in dem Krempel bei Tobias entdeckt habe. Dort stand nämlich eine Kiste voller Elektrosachen und ich dachte mir, sieh doch einfach mal nach, was es da so gibt. Und? Was sagst du dazu?«

Oskar brauchte einen Moment, bis er begriff. Er zog ein kleines Stück Kabel aus der Tüte, an dessen Ende sich etwas befand, das wie ein **Preventer** aussah. »Du meinst …?«

»Ich bin mir ziemlich sicher. Ob er passt, weiß ich nicht, aber das müsste Tante Millie hinkriegen. Jedenfalls ist er **siebenundzwanzigpolig**, wenn ich richtig gezählt habe. Sie muss ihn sofort ausprobieren. Wow, ist das aufregend! Wenn alles klappt, bin ich in einer Stunde wieder sichtbar.« Sie kniff ihn leicht in den Unterarm. »Oskar, wie findest du das?«

»Das wäre toll. Aber wie …« Er verstummte, denn die Aufzugtür öffnete sich. **Merkwürdig**, er hatte gar nicht gehört, dass der Fahrstuhl gekommen war. Zwei Männer stiegen aus. Oskar blickte die beiden erstaunt an. Warum trugen sie im Haus Sonnenbrillen? Wortlos gingen sie zur Eingangstür.

»Kennst du die beiden?«, wisperte Emma, nachdem sie verschwunden waren. »Hast du sie hier schon mal gesehen?«

Oskar schüttelte den Kopf. Das Hochhaus hatte elf Stockwerke und fast ständig zogen Leute ein und aus. Außer Frau Racletti, die schon seit Jahren hier wohnte, und den Schmittbauers aus dem dritten Stock kannte er hier eigentlich überhaupt niemanden.

»Und was war jetzt mit dem Auto mit den dunklen Scheiben?«, fragte er, während er sich den nächsten Kaugummi in den Mund steckte. »War das wirklich Pittmaloney?«

»Kann ich auch einen haben?« Ein Kaugummi wickelte sich aus und verschwand. »Ob das Pittmaloney war? Das hätte mich auch interessiert, aber ich musste hinter Batman her. Ich wusste doch nicht, ob er mit der Tüte wirklich nach Hause läuft. Und jetzt sollte der Preventer aber so schnell wie möglich zu Tante Millie. Ich verlasse mich da ganz auf dich. Allein mache ich das jedenfalls nicht. Denn wenn plötzlich diese Tüte durch die Straßen *schwebt* und dazu noch an jeder Ampel wartet, bis es Grün wird …« Sie lachte leise. »Bestimmt würden einige Leute in Ohnmacht fallen. Und Aufsehen können wir im Augenblick überhaupt nicht brauchen. Also, kommst du mit?«

»Klar«, erwiderte Oskar und stopfte das Kabel samt **Preventer** zurück in die Tüte. »Klar komme ich mit. Schließlich sind wir inzwischen ja so was wie Freunde … Sind wir doch? Oder?«, fragte er nach, weil Emma nicht antwortete.

»Ja, ein bisschen schon«, sagte sie schließlich. »Ein bisschen sind wir schon Freunde.«

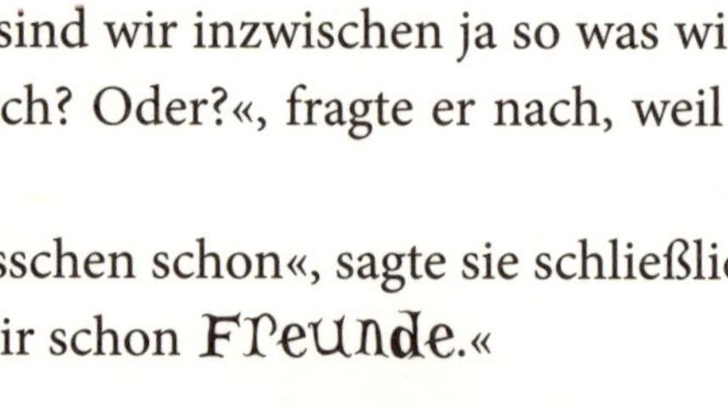

Fünf Minuten, allerhöchstens zehn werde es dauern, bis er wieder zurück sei, hatte er Emma versprochen. Aber wie es aussah, würde das knapp werden. Denn ausgerechnet an diesem Mittag herrschte auf allen Stockwerken ein **gewaltiger** Ansturm auf den Fahrstuhl. Man konnte fast den Eindruck gewinnen, alle im Hochhaus wären damit beschäftigt, von einem Stock in den anderen zu fahren, und es ging und ging nicht vorwärts.

In der siebten Etage reichte es Oskar. Er zerrte den widerstrebenden Batman, der **leidenschaftlich** gern Aufzug fuhr, aus dem Lift und lief mit ihm die Treppen hoch. Was sich allerdings als ungünstig erwies. Dort war nämlich auch Frau Racletti unterwegs.

»Ach Oskar!«, rief sie. »Wie gut, dass du wieder da bist! Deine Eltern werden sich aber freuen! Sie haben schon die ganze Gegend nach dir abgesucht. Und deine Mutter hat mich angerufen und wollte wissen, ob die Polizei gleich eine Suchmeldung herausgeben kann.«

»Polizei?« Erschrocken blieb er stehen. »**Suchmeldung?**«

Sie nickte bedeutungsvoll. »Mir ist es gelungen, deine Mutter zu beruhigen. Ich habe ihr gesagt, dass man noch warten sollte. Meistens tauchen die Leute ja wieder auf. Ich habe mir freilich überlegt, ob dein Besuch gestern Abend etwas mit deinem Verschwinden zu tun haben könnte. Übrigens, was war denn da los? Wer …? Oskar! So warte doch! Du könntest mir zumindest meinen Korb tragen!«

Oskar stürmte die Treppen hoch. So was Dummes! Dass Marlen sich Sorgen machen könnte, daran hatte er überhaupt nicht gedacht. Normalerweise half sie jeden Samstagvormittag einer Freundin, die auf dem Markt vor dem Rathaus Blumen und Pflanzen verkaufte. Warum ausgerechnet heute nicht?

Kaum hatte er den Schlüssel ins Schloss gesteckt, als auch schon die Tür **aufgerissen** wurde. Marlen starrte ihn einen Moment ungläubig an. In ihren Augen glitzerten Tränen, als sie ihn in ihre Arme schloss. »Oskar, wo warst du?«

Er schluckte. Nie im Leben würde er erzählen, was er erlebt hatte. Niemand würde ihm glauben und außerdem hatte er Emma geschworen, **zu schweigen wie ein Grab**. »Training für den Stadtlauf«, murmelte er. »Weißt du doch.«

»Hab ich dir doch gleich gesagt. Der Junge ist alt genug und macht eben mal eine längere Tour mit Batman«, meinte Gunnar, der im Bademantel aus dem Wohnzimmer kam und sehr lässig wirkte. »Finde ich übrigens gut. Batman braucht wirklich mehr Bewegung. Ist schließlich ein Hund und kein Bettvorleger. **Hahahaha**.« Er war der Einzige, der über diesen Witz lachte. »Na ja«, meinte er dann, »jedenfalls bist du rechtzeitig zurück zum Mittagessen. Und heute Nachmittag hilfst du mir. Ich will nämlich den Flur neu tapezieren und du darfst die Tapete ablösen. Das macht Spaß, hab ich recht?«

»Ehm … Ich kann aber nicht … Ich muss …«, stotterte Oskar.

»Du musst jetzt überhaupt nichts«, unterbrach ihn Marlen. »Du musst nur deine dreckigen Schuhe ausziehen und dir die Hände waschen. Und dann gibt's auch gleich Essen. Bestimmt hast du gewaltigen Hunger. Du warst ja über vier Stunden unterwegs.«

Oskar kniff die Lippen zusammen. Wenn er das Essen **hinunterschlingen** würde, könnte er vielleicht in einer Viertelstunde wieder unten sein. So lange musste Emma eben noch warten; er konnte es auch nicht ändern.

»Hände waschen«, erinnerte ihn Marlen, bevor sie in der Küche verschwand.

Hastig zog er die Schuhe aus, stellte sie an die Garderobe und wollte gerade ins Bad gehen, als Gunnar die Tüte entdeckte, die Oskar vorsichtshalber mitgenommen hatte. Denn Emma wollte ja auf gar keinen Fall mit einer schwebenden Plastiktüte auf sich aufmerksam machen.

»Was 'n das?«, fragte er. Und bevor Oskar es verhindern konnte, hatte er auch schon das Kabel herausgezogen. Als er den Preventer sah, stieß er einen leisen **Pfiff** aus. »Da will ich jetzt aber 'ne wirklich gute Erklärung von dir hören.«

10. Kapitel

Welche Erklärung konnte es dafür geben, wenn man mit einem Kabelstück, verpackt in einer Plastiktüte mit dem Aufdruck *Gnack-Bio fürs Leben,* und einem anscheinend ziemlich **wertvollen** Preventer vom Joggen zurückkam? Vielleicht, dass man die Tüte zufällig am Straßenrand gefunden hatte? Gedankenverloren stocherte Oskar in seinem Mittagessen herum. Es gab Ravioli aus der Dose und grünen Salat und er schnitt kleinste Stückchen von den Ravioli ab und kaute endlos lange darauf herum.

Mehrmals hatte Gunnar mit erhobener Stimme verlangt, Oskar solle endlich sagen, was Sache sei. Marlen hatte geschimpft, das habe doch Zeit, und schließlich einigten sich die beiden, bis nach dem Essen damit zu warten. Das bedeutete also eine kleine **Galgenfrist** und am liebsten hätte Oskar noch etwas langsamer gekaut. Wenn da nicht Emma gewesen wäre, die bestimmt schon ganz verzweifelt auf ihn wartete.

»Es gibt übrigens noch Nachtisch«, unterbrach Marlen das Schweigen. Sie lächelte Oskar aufmunternd zu, langte über den Tisch und stellte seinen Teller, auf dem noch ein Fitzelchen Salat lag, in die Spüle.

»So!«, machte Gunnar und legte die Tüte auf den Tisch. »So!«

Am liebsten hätte Oskar einfach danach gegriffen und wäre aus der Wohnung **gestürmt**. Doch Gunnar versperrte in der kleinen Küche mit seinem Stuhl den Weg zur Tür und außerdem hatte er inzwischen den Preventer herausgeholt und inspizierte ihn genau. »Alle Achtung«, sagte er, »da hast du uns ja was Schönes mitgebracht. Willst du uns jetzt endlich verraten, woher du das hast?«

Täuschte Oskar sich oder klang Gunnars Stimme nicht mehr ganz so gereizt wie vorhin? Lag das an dem Becher Schokoladenpudding mit Sahne, den Marlen ihm hinschob? Wohl eher nicht, denn mit einem Kopfschütteln wehrte er ab und hielt stattdessen den Preventer in die Luft.

»Unter echten Fans ist der mindestens **fünfzig** Euro wert. Oder noch mehr. Also? Woher?«

Oskar senkte den Blick. Am besten würde es sein, bei der Wahrheit zu bleiben. Oder zumindest so annähernd bei der Wahrheit. »Ich war heute Vormittag draußen in den Schrebergärten. Beim Gartenhaus von Tobias …«

»Tobias Gnack?«, unterbrach ihn Marlen.

Schon ein paarmal hatte sie vorgeschlagen, er solle sich doch mit Tobias anfreunden, das sei ein netter Junge und er würde immer so höflich grüßen. Marlen hatte natürlich keine Ahnung; sie kannte ja nur Frau Gnack, mit der zusammen sie jeden Mittwochabend im Gospelchor sang.

»Ja«, sagte Oskar. »Im Gartenhaus von Gnacks liegen lauter alte Sachen rum. Und Tobias meinte, ich soll mir was mitnehmen.«

Immer noch wagte er es nicht, Gunnar anzuschauen. Denn jetzt würde die Frage kommen, auf die ihm wirklich keine Antwort eingefallen war: Warum um alles in der Welt hatte er ausgerechnet den **Preventer** ausgesucht?

»Na ja, hier ist der Anschluss kaputt«, hörte er Gunnar sagen. »Hätte mich aber auch gewundert, wenn jemand einen Preventer einfach so wegschmeißt. Aber man kann das reparieren. Und dann bei Ebay verticken. Wer weiß, vielleicht sucht jemand gerade einen.«

»Kannst du das? Ich meine reparieren?«, fragte Marlen. Sie stand an der Spüle und füllte Wasser in die Kaffeemaschine, die sofort zu blubbern begann.

Gunnar lachte. »Ich hab vor Jahren bei meinem Schwager ausgeholfen, Elektroreparaturen und so was, da kriegt man einiges mit. Sag mal, Oskar«, fügte er hinzu, »gibt's da in der Gartenhütte vielleicht noch mehr solche Sachen? Bevor die alles auf den Schrott werfen, könnte ich doch …«

Oskar schüttelte den Kopf. »Ich glaube nicht.«

Zwar war er erleichtert, dass Gunnar nicht weitergebohrt hatte, aber wie sollte er jetzt bloß den **Preventer** zurückbekommen? Es sah nämlich ganz danach aus, als würde Gunnar ihn bereits als sein Eigentum betrachten. Andererseits, wenn er wirklich kaputt war, würde er Emma ja auch nichts nützen. Vielleicht könnte Gunnar auch den Preventer reparieren, den Miss Edison ihm gegeben hatte. Oder würde er den auch gleich verkaufen wollen? Bei Gunnar war es ein bisschen wie bei der Gnack-Gang: Man wusste nie so genau, wie man mit ihm dran war. Oskar seufzte leise.

»Denk nicht so viel nach«, sagte Marlen und fuhr ihm liebevoll durch die Haare. »Und iss endlich deinen Nachtisch.«

»Genau! Denk nicht so viel nach, sonst wirst du noch ein kleiner Professor«, meinte Gunnar, der anscheinend ausgesprochen gute Laune hatte, denn er schob Oskar seinen Pudding hin. »Wenn ich meinen Kaffee getrunken habe, fangen wir an. Mit dem Flur und der Tapete, falls du das schon wieder vergessen hast.«

»Ich bring vorher nur schnell den Müll runter«, sagte Oskar.

Gunnar lachte. »Das sagst du nur, weil ich das gestern Abend schon erledigt habe. Du bist ja ganz schön clever.«

»Ehm …« Oskar überlegte fieberhaft. Welchen Grund gab es noch, dass er wenigstens für ein paar Minuten die Wohnung verlassen konnte? Die Post vielleicht? »Ich glaube, im Briefkasten war Post«, sagte er. »Ich kann sie ja schnell holen.«

Wieder lachte Gunnar, aber dieses Mal klang es nicht echt. »So langsam hab ich den Eindruck, du willst dich bloß vor der Arbeit drücken. Schluss damit. Wir fangen jetzt und auf der Stelle damit an, sonst wird das heute nichts mehr.« Er trank seinen Kaffee aus und schob energisch die Tasse zur Seite. »Verstanden?«

Es war wie verhext. Es gab einfach keinen Grund, weshalb Oskar wenigstens für ein paar Minuten die Wohnung verlassen konnte. Zumindest gab es gewiss keinen, den Gunnar akzeptieren würde. Während der sich im Schlafzimmer ein altes T-Shirt überzog, wagte Oskar einen letzten Versuch, dieses Mal bei Marlen. Der Hausaufsatz für Montag sei noch nicht fertig, flüsterte er ihr zu und er müsse noch ein Heft kaufen. Doch Marlen lachte nur und meinte, zum Glück habe sie neulich im Sonderangebot einen ganzen Packen Hefte gekauft und am Sonntag sei noch genügend Zeit, sich um den Aufsatz zu kümmern. Dabei war sie doch sonst immer diejenige, die darauf bestand, dass er **umgehend** seine Hausaufgaben machte.

Aber an diesem Nachmittag war alles ganz anders. Es schien für Marlen nichts Wichtigeres zu geben, als dass Oskar mit Gunnar zusammen die Tapete im Flur ablöste. Währenddessen backte sie in der Küche einen Hefezopf und sang die Schlager aus dem Radio mit.

»Na, wir zwei Männer machen das schon«, meinte Gunnar zufrieden. Er grinste und **boxte** Oskar in die Seite, während er mit der anderen Hand an der Tapete herumschabte, die sich aber nicht so leicht ablösen ließ.

Der Kanister mit der Flüssigkeit, die aufgetragen werden musste, war nur noch halb voll und Oskar überlegte, ob er es wagen könnte, mit dem Fuß dagegenzustoßen. Angenommen, der Kanister kippte um und alles lief aus, würde man dann nicht sofort einen neuen holen müssen? Er würde anbieten, in den Baumarkt zu gehen, und könnte bei der Gelegenheit …

»Oskar! Wie oft soll ich dir das noch sagen! Hör auf zu träumen!« Gunnar drückte ihm den Schaber in die Hand. »Los! Versuch du mal dein Glück.«

Plötzlich klappte es. Fast mühelos ließ sich die Tapete nun ablösen und eine Weile lang vergaß Oskar sogar Emma und den Preventer, ein wenig zumindest. Bis Gunnar irgendwann rief: »Schluss für heute!«, denn es war Samstagnachmittag und er wollte sich auf gar keinen Fall die Bundesliga entgehen lassen.

»Ich dachte, ihr macht gleich die ganze Tapete runter«, sagte Marlen enttäuscht.

Gunnar, der gerade die abgelösten Bahnen in einen blauen Plastiksack **gestopft** hatte, richtete sich auf. »Wenn ich mich richtig erinnere, muss Oskar noch seinen Hausaufsatz schreiben. Das geht vor, würde ich sagen. Wer weiß, wie lange er dazu wieder braucht.«

Marlen nickte. »Was hältst du davon, Oskar?«, fragte

sie. »Wir zwei machen uns jetzt einen gemütlichen Nachmittag. Wir setzen uns in dein Zimmer, essen ein Stück vom frischen Hefezopf und ich helfe dir ein bisschen beim Aufsatzschreiben. Ist das eine gute Idee?«

Normalerweise hätte Oskar das sogar für eine sehr gute Idee gehalten. Marlen fiel immer etwas ein, wenn er bei einem Aufsatz nicht weiterkam. Außerdem klang das ein bisschen danach, wie es früher gewesen war, in der Zeit vor Gunnar, als sie sich nachmittags oftmals Zeit für ihn genommen hatte.

»Und?«, fragte sie nach.

»Auf jeden Fall ist das eine gute Idee«, antwortete Gunnar für ihn und **klopfte** ihm leicht auf den Hinterkopf. »Bedank dich mal bei deiner Mutter, dass sie dir helfen will. Und jetzt bringst du das Zeugs hier runter. Aber bleib nicht wieder den halben Tag weg.«

Er hatte den letzten Satz kaum beendet, da hatte Oskar auch schon nach dem Plastiksack gegriffen und war nach draußen **gerannt**. Natürlich würde er jetzt nicht mit Emma mitgehen können, das auf keinen Fall, aber bestimmt würden sie zusammen eine Lösung finden. Ungeduldig drückte er auf den Fahrstuhlknopf, überlegte, ob er vielleicht besser die Treppe hinunterrennen sollte, beschloss dann aber doch zu warten.

Mit einem markerschütternden **Quietschen** hielt der Fahrstuhl und die Tür öffnete sich. Hoffentlich ist Emma nicht allzu sauer auf mich, dachte Oskar, als der Aufzug sich wieder in Bewegung setzte. Wie würde sie reagieren, wenn sie erfuhr, dass Gunnar sich den Preventer einfach genommen hatte? Aber er ist ja ohnehin kaputt, versuchte er sich zu beruhigen. Der Lift hielt im Erdgeschoss und Oskar **zerrte** den Sack heraus.

Die Umzugskisten standen immer noch da, ebenso die Möbel. Unschlüssig schaute er nach allen Seiten. Zwar war niemand in der Nähe, aber Emma hatte ihn gewarnt, vorsichtig zu sein. »**Hallo?**«, flüsterte er.

Keine Antwort. Er ging nach draußen und sah sich suchend auf dem Parkplatz um.

»Hallo?« Dieses Mal rief er etwas lauter. Aber niemand antwortete.

Wieder und wieder rief er. Erst als Marlen an der Eingangstür auftauchte und unsicher nach rechts und nach links schaute, gab er auf.

11. Kapitel

Der Sonntag begann mit strahlendem Sonnenschein. Es war ein Wetter wie im Sommer, das Thermometer auf dem Balkon zeigte fast zwanzig Grad und beim Frühstück schlug Marlen einen Spaziergang vor, einen »richtig schönen Familienspaziergang«, wie sie es nannte. »Das haben wir schon so lange nicht mehr gemacht.«

»Zum Waldsee!«, rief Oskar und **verschluckte** sich dabei, denn er hatte ein großes Stück Hefezopf im Mund.

Vom Waldsee aus waren es nur wenige Minuten zu Miss Edison und Marlen und Gunnar konnten sich ja am Ufer auf eine Bank setzen, während ihm hoffentlich eine gute Ausrede einfiel.

»Oh ja, bitte zum Waldsee«, wiederholte er, während er hastig nach der Tasse mit Kakao griff, die Marlen ihm hinhielt.

»Waldsee? **Auf keinen Fall!**« Gunnar, der wie immer wenig Lust hatte, spazieren zu gehen, schaufelte den dritten Löffel Zucker in seine Kaffeetasse. »Jede Wette, dort wimmelt es nur so von Mücken.«

»Nein, tut es nicht«, protestierte Oskar.

Aber er wusste im selben Moment, dass er den Spaziergang zum Waldsee vergessen konnte. Denn Gunnar war nicht nur gegen Meerschweinchen, sondern auch gegen Mücken aller Art allergisch. Im Sommer hatte er einen einzigen Abend auf dem Balkon verbracht, Marlen zuliebe, wie er immer wieder betonte. Mit triumphierender Stimme hatte er nach zwei Stunden seine Mückenstiche gezählt – 78 –, die sich im Laufe des Abends zu beeindruckend dicken Quaddeln entwickelten.

»Also gut, dann eben keinen Spaziergang«, meinte Marlen. »Muss auch nicht sein. Wir haben hier ohnehin massig zu tun.« Damit meinte sie den Flur.

»Ich kann ja mal schnell mit Batman rausgehen«, sagte Oskar und stand auf. Genau in diesem Moment **schrillte** die Türklingel.

Gunnar runzelte die Stirn. »Erwarten wir Besuch? Sonntagvormittag um halb zehn?«

Marlen hob die Schultern. »Nicht dass ich wüsste … Oskar? Was ist denn mit dir los? Mach nicht so schnell. Denk dran, erst in den Spion zu schauen.«

Aber Oskar war bereits zu der Tür gestürmt. Das konnte nur Emma sein. »Schnell«, flüsterte er, als er öffnete. »Komm rein und …« Er verstummte. Vor ihm stand Frau Racletti und streckte ihm eine leere Tasse hin.

»Habt ihr etwas Zucker für mich? Ich backe gerade und stelle fest, ausgerechnet jetzt ist mir der Zucker ausgegangen.«

»Aber sicher doch!«, rief Marlen und kam dann auch gleich mit der Zuckerdose angerannt.

»Bis später«, murmelte Oskar und griff nach der Leine, als Frau Racletti ausrief: »Das ist der zweite Grund, weshalb ich störe. Könnte ich mir euren Mops heute mal ausleihen? Mein Bruder kommt zu Besuch, er ist Tierfotograf und will für einen Wettbewerb einige Fotos machen. Ich hab ihm erzählt, was für ein süßer Hund Batman ist und mein Bruder meinte, vielleicht könnten Sie ja einen Nachmittag lang auf ihn verzichten. Womöglich wird Batman noch ein Star, wer weiß.« Sie lachte und Marlen stimmte mit ein.

Was Oskar nicht erwartet hatte: Gunnar war sofort bereit, Frau Racletti den Mops für den Nachmittag zu überlassen. »Die Fotos will ich aber auch haben!«, rief er ihr nach, als sie mit Batman an der Leine zu ihrer Wohnung hinüberging.

Mit hängenden Schultern stand Oskar da. Es sah ganz

danach aus, als hätte sich an diesem Tag alles gegen ihn verschworen. Aus dem Radio, das wie immer in der Küche lief, dröhnte es laut: »**What a wonderful day ...**« Ph, machte Oskar leise. Von wegen schöner Tag! Wenn ihm doch bloß irgendein Grund einfallen würde, um für eine Weile zu verschwinden.

Den Rest des Vormittags musste er Gunnar beim Tapezieren helfen und nach dem Mittagessen schlug Marlen vor, man könnte doch mal wieder was spielen, Karten zum Beispiel oder Monopoly. »Worauf hast du denn Lust?«, fragte sie Oskar.

»Spaziergang«, erwiderte er, denn inzwischen hatte es zu regnen begonnen und bei diesem Wetter würden Mücken bestimmt nicht stechen. Da war er ganz sicher.

Gunnar schüttelte den Kopf. »Du glaubst doch nicht im Ernst, dass wir bei diesem Regen durch die Gegend laufen! Ihr könnt ja was spielen, ich kümmere mich in der Zwischenzeit um den **Preventer.** Wäre doch gelacht, wenn ich den nicht repariert bekomme.«

Der Wohnzimmertisch wurde freigeräumt und während Marlen Kniffel und Memory auspackte, machte Gunnar sich an die Arbeit, mit Lupe, Schraubenzieher und der Pinzette, die Marlen aus ihrer Kosmetiktasche geholt hatte.

»Oskar, du bist dran«, musste Marlen immer wieder sagen. »Das ist jetzt schon das dritte oder vierte Mal, dass du nicht aufpasst. Du bist überhaupt nicht bei der Sache.«

»Entschuldige.« Oskar nahm den Würfelbecher und schüttelte ihn, während er sich jeden Handgriff Gunnars einzuprägen versuchte. Vielleicht würde es ihm auch gelingen, den **Preventer** von Miss Edison zu reparieren. Die Schraubenzieher könnte er heimlich aus Gunnars Werkzeugkiste nehmen und …

»Oskar!« Marlen klang genervt. »So macht das überhaupt keinen Spaß. Ich schlage vor, wir spielen lieber eine Runde Schiffe versenken.«

Er nickte zerstreut. Gunnar starrte mit gerunzelter Stirn auf das Kabel, murmelte: »Entscheidend ist sowieso nur der **Preventer**«, und schnitt es ab. Als er Oskars Blick bemerkte, lachte er. »Das Kabel ist wertlos. Entscheidend ist der Preventer. Ist übrigens ein Duo-Preventer, falls es euch interessiert. Das werde ich doch wohl noch hinkriegen, wäre ja gelacht. Oskar, bring mal den Lötkolben her. Der müsste im Küchenschrank unten beim Werkzeug liegen.«

»Hast du nicht gehört, was Gunnar gesagt hat!«, schimpfte Marlen, weil Oskar überhaupt nicht reagierte. »Ich habe wirklich keine Lust mehr. Wir hören jetzt auf zu spielen.« Ärgerlich packte sie Memory und Kniffel wieder zurück in den Karton mit der Aufschrift *Spielesammlung*.

Oskar **rannte** in die Küche. Auf gar keinen Fall wollte er irgendeinen Schritt der Reparatur verpassen. Schade, dass Emma nicht dabei war. Sie hätte sich wahrscheinlich alles merken können. Er griff nach dem Lötkolben und rannte zurück ins Wohnzimmer.

Gunnar grinste ihm entgegen. »Sieht schon mal ganz gut aus. Jetzt noch löten, dann müsste es klappen.« Ein paar Minuten später rief er: »Ende der Veranstaltung! Ich hab's geschafft!« Er stand auf und reckte sich. »Ich werd den **Preventer** demnächst mal bei Ebay einstellen.«

»Funktioniert er wirklich?«, fragte Oskar.

Gunnar zog die Augenbrauen hoch. »Heißt das, du glaubst mir nicht?«

»Nein, äh, so hab ich das nicht gemeint. Ich wollte nur wissen, woran erkennt man, dass er funktioniert«, **stotterte** er.

»Ist doch egal.« Marlen schüttelte den Kopf. »Hauptsache, man kann ihn verkaufen.«

Gunnar lachte. »Na ja, ich würde es Oskar schon gern erklären, aber ich fürchte, er kapiert es nicht.«

»Doch! Ich kapier das schon!«, rief Oskar wütend.

Aber das ging im **Schrillen** der Türglocke unter, denn Frau Racletti brachte Batman zurück. »Ach übrigens«, meinte sie, nachdem sie sehr ausführlich von dem Fotoshooting, wie sie es nannte, berichtet hatte, »unten an Ihrem Briefkasten klebt ein Zettel. Ich hätte ihn selbstverständlich mitgebracht, aber ich hab mich nicht getraut, ihn abzumachen. Das geht mich ja auch nichts an.«

»Zettel? Das ist bestimmt wieder eine Benachrichtigung von der Hausverwaltung«, meinte Marlen, nachdem Frau Racletti sich verabschiedet hatte. »Ich kann mich erinnern, dass irgendwann demnächst das Wasser abgestellt werden soll.«

»Du bist ja witzig«, sagte Gunnar. Er stand am Kühlschrank und steckte sich eine Scheibe Wurst in den Mund. »Wäre schon nett, das ein bisschen genauer zu wissen. Womöglich stehe ich gerade unter der Dusche, hab mich

eingeseift und dann kommt plötzlich kein Wasser mehr. Tolle Vorstellung! Oskar, los, schau mal nach, was das für ein Zettel ist.«

Oskar konnte es nicht fassen. Den ganzen Tag über hatte er vergeblich nach einem Grund gesucht, um aus der Wohnung zu kommen, und jetzt schickte Gunnar ihn einfach so los. Sollte er es wagen, den Preventer zu **schnappen**, der immer noch auf dem Wohnzimmertisch lag? Bis Gunnar das auffiel, wäre er schon längst auf dem Weg zu Miss Edison und …

»Worauf wartest du?«, fragte Gunnar. »Vielleicht auf besseres Wetter?« Mit einem Leberwurstbrot in der Hand marschierte er ins Wohnzimmer.

»Bin schon unterwegs«, gab Oskar zurück und ärgerte sich. Jetzt brachte es überhaupt nichts mehr, dass er **verschwinden** konnte. Was sollte er denn Miss Edison und Emma erzählen? Dass alles schiefgelaufen war? Das wussten die beiden doch schon längst.

Im Erdgeschoss waren die Umzugskartons und Möbel verschwunden; lediglich ein schwarzer Regenschirm lehnte noch neben der Kellertür. Oskar steuerte die Briefkästen an, die neben dem Eingang angebracht waren. Dass dort Zettel klebten, war nichts Besonderes; meistens waren es kurze Nachrichten von der Hausverwaltung und manchmal auch von Herrn Pankratz, der sich darüber beschwerte, wenn einer der Briefkästen längere Zeit nicht mehr geleert worden war.

Der Zettel allerdings, der mit einem Kaugummi am letzten Kasten oben links angeklebt war, schien weder von der Hausverwaltung noch vom Briefträger zu sein. Es handelte sich nämlich um einen **Zettel**, der die Altpapiersammlung des Sportvereins Waldachtal ankündigte, allerdings war die schon vor über einem Monat gewesen. Oskar drehte das Blatt um. Er hatte eine Nachricht von Emma erwartet. Aber da war nichts. Was sollte das jetzt bedeuten?

Erst als er wieder im Aufzug stand, kam ihm eine Idee. Er hielt das Papier schräg gegen das Licht. Und mit einem Mal konnte er lesen, was dort in Großbuchstaben eingeritzt war:

HILFE

War Pittmaloney hinter ihr her? Oder Lord Sinclair? Und wo steckte sie jetzt?

»Emma?«, fragte er leise, aber das war sicher **Blödsinn**. Wenn sie irgendwo wäre, hätte sie sich bestimmt sofort bemerkbar gemacht. Er schluckte, während der Aufzug ächzend im elften Stock hielt. Wie es aussah, würde es nur eine einzige Möglichkeit geben, Emma zu helfen. Er musste so schnell wie möglich zu Miss Edison.

12. Kapitel

Seit Gunnar wegen seiner Rückenschmerzen krankgeschrieben war und deshalb nicht schon frühmorgens im Waldachbad sein musste, wo er als Bademeister arbeitete, ging er erst gegen elf ins Bett. Marlen schlief da meistens schon, oft war sie bereits um neun müde. Aber ausgerechnet an diesem Sonntagabend war nichts wie sonst, denn die beiden hatten sich zu einem Krimi **durchgezappt**, den sie vor Monaten schon einmal angeschaut hatten, allerdings nur ungefähr bis zur Hälfte. Da hatte nämlich der Fernseher seinen Geist aufgegeben und Marlen, die Krimis liebte, hatte noch einige Tage lang gerätselt, wer wohl der Täter war.

Ungeduldig *wälzte* Oskar sich in seinem Bett von einer Seite auf die andere. Er griff nach dem Wecker auf dem Nachttisch. Halb zwölf. Er richtete sich auf und lauschte. Gedämpfte Stimmen waren zu hören. Wie lang ging dieser Film denn noch? Er überlegte, ob er auch an alles gedacht hatte, als er plötzlich Schritte vor seiner Zimmertür hörte. Hastig zog er die Bettdecke bis zur Nasenspitze hoch, gerade noch rechtzeitig, bevor Marlen die Tür einen Spalt breit öffnete und einen Blick herein warf. Zum Glück schien ihr nichts aufzufallen, denn leise schloss sie die Tür wieder und er atmete erleichtert auf. Nicht auszudenken, sie hätte entdeckt, dass er mit Jeans und dickem Rollkragenpullover im Bett lag. Wieder richtete er sich auf und horchte. Im Bad war die Spülung zu hören, eine Zimmertür klappte und dann war es plötzlich ruhig.

Er holte die Stirnlampe unter seinem Kopfkissen hervor. Auf Zehenspitzen schlich er dann zum Fenster und zog den Vorhang beiseite. Die Ankerstraße lag bis auf das spärliche Licht der wenigen Straßenlaternen, die um diese Zeit noch brannten, in **tiefer** Dunkelheit. Oskar schluckte. Am besten würde es sein, nicht lange nachzudenken über das, was er vorhatte. Er griff nach seinem Schlafanzug, rollte ihn zusammen und stopfte, weil das noch nicht ausreichte, ein paar Pullover mehr unter die Bettdecke. Von der Tür aus würde es hoffentlich so aussehen, als liege er im Bett. Vorausgesetzt, Marlen **knipste** kein Licht an.

Nachdem er Annabelle ein paarmal übers Fell gekrault hatte, nahm er seine Schuhe aus dem Schrank und huschte in die Diele. Außer dem leisen Surren des Kühlschranks in der Küche war es still in der Wohnung, nicht einmal Batman in seinem Hundekorb schnarchte. Im Halbdunkel – lediglich die Wetterstation an der Wand spendete ein mattes, grünlich schimmerndes Licht – tastete er sich ins Wohnzimmer. Einen Augenblick zögerte er, dann schaltete er die Stirnlampe an. Auf dem Tisch stand noch das Geschirr vom Abendessen, die Fernsehzeitschrift lag aufgeschlagen dort, daneben zwei Bananenschalen. Vom **Preventer** keine Spur. Wahrscheinlich hatte Gunnar ihn in seinem Schrank im Schlafzimmer verstaut. Fast hatte Oskar das schon befürchtet.

Suchend blickte er sich um. Notfalls würde er auch ohne den Preventer zu Miss Edison gehen müssen – er fand, er war ihr eine Erklärung schuldig –, aber mit dem Preventer wäre es natürlich um einiges angenehmer. Vor allem für Emma.

Er war schon auf dem Weg zurück in den Flur, als der Lichtstrahl seiner Lampe auf einen kleinen Karton fiel, der im Regal neben den DVDs lag. Dieser Karton war doch nachmittags noch nicht da gewesen. Vorsichtig hob Oskar den Deckel und jubelte innerlich. »**Jaaa**«, flüsterte er, als er den Preventer herausnahm. Er überlegte gerade, ob er noch rasch eine Tüte suchen sollte, als er ein Geräusch vernahm. Hastig schaltete er die Stirnlampe aus. Jemand schlurfte durch den Flur. In der Küche flammte das Licht auf, Oskar hörte, wie der Kühlschrank geöffnet und gleich darauf mit einem leisen Plopp geschlossen wurde. Kurze Zeit später war es wieder still in der Wohnung. Höchste Zeit, endlich zu verschwinden.

In der einen Hand den Preventer, in der anderen seine Schuhe, schlich Oskar ins Treppenhaus. Den Aufzug benutzte er lieber nicht, wer weiß, wen der Lärm womöglich aufgeweckt hätte. Erst als er draußen vor dem Haus stand, zog er seine Schuhe an.

Es war dunkel. Noch dunkler, als er es sich vorgestellt hatte. Wie *finster* würde es erst im Wald sein? Und wie unheimlich? Ihn fröstelte, und das kam nicht allein von der Kühle der Nacht. Der Horrorfilm, den er vor Wochen in Gunnars DVD-Sammlung entdeckt und heimlich angeschaut hatte, fiel ihm ein. Er sah Hände, die im Wald nach ihm greifen würden, hörte Stimmen, die ihm Unverständliches zuflüsterten ... Oskar blieb stehen. Wenn doch nur Emma in der Nähe wäre, dann wäre es längst nicht so schlimm.

Aber sie war nicht hier. Sie wartete bestimmt schon verzweifelt darauf, dass endlich Hilfe kam. Er musste sie **retten**, egal was auch passieren würde. Er war schon kurz vor der Waldachbrücke, als ihm Batman einfiel. Warum nahm er nicht einfach Batman mit? Mit ihm zusammen würde es im Wald weniger unheimlich sein. Er hoffte es wenigstens.

Eine halbe Stunde später machte er sich zum zweiten Mal in dieser Nacht auf den Weg. Dieses Mal allerdings nicht zu Fuß, sondern mit Marlens Fahrrad. Denn Batman wäre um diese Zeit niemals zu einem Spaziergang bereit gewesen, und vor allem nicht zu einem solch langen. So aber hatte er ihn schlafend in Marlens Fahrrad-

korb gepackt, weich ausgepolstert mit einem Handtuch, und es dauerte einige Minuten, bis Batman aufwachte und ein leises **Grunzen** von sich gab.

»Alles bestens«, sagte Oskar beruhigend. Er keuchte ein wenig, denn plötzlich war heftiger Wind aufgekommen, Gegenwind leider. »Batman, du brauchst keine Angst zu haben. Ich bin ja bei dir. Willst du eine **absolut verrückte** Geschichte hören?« Und mit halblauter Stimme erzählte er von Miss Edison, dem Unsichtbarkeitsscanner und der unsichtbaren Emma.

Eigentlich hatte er vorgehabt, im Wald weiterzureden – so würde er wenigstens das Rauschen und Wispern der Bäume im Nachtwind nicht hören –, aber ihm fiel ein, was Emma über Lord Sinclair und Pittmaloney gesagt hatte. Was, wenn die beiden womöglich ganz in der Nähe wären und alles mit anhören würden? Das könnte Miss Edison in noch größere Schwierigkeiten bringen und Emma wahrscheinlich auch. Also schwieg er und versuchte, die Ohren zu verschließen, was ihm vor Aufregung aber nicht so richtig gelang. Einen Moment zögerte er, dann bog er in den Waldweg ein.

Gespenstisch glitten die Bäume vorüber, Äste bewegten sich im Wind. Aus den Augenwinkeln nahm er im Unterholz eine Bewegung wahr, Batman bellte kurz auf und gleich darauf querte etwas den Weg, ein Wildschwein vielleicht, genau konnte er es nicht erkennen. Ein Nachtvogel flog auf. Gespenstisch klang sein klagender Schrei.

Endlos zog sich der Weg und Oskar glaubte schon, sich verfahren zu haben, als er endlich den Trampelpfad entdeckte, der zum See hinunterführte. Er hatte es fast geschafft. Jetzt musste er nur noch Emma und Miss Edison wecken. Gab es überhaupt eine Klingel am Haus? Er konnte sich nicht erinnern. Notfalls würde er an die Fensterläden **klopfen** und laut rufen. Hier draußen würde das niemanden stören. Miss Edison und Emma am allerwenigsten. Denn er würde ja die Rettung bringen.

Vorsichtshalber tastete er nach dem Preventer, der neben Batman im Fahrradkorb lag. Ja, war da. Alles in Ordnung. Er lächelte glücklich. Morgen würde die Schule wieder beginnen, aber er war nicht mehr allein. Er hatte Emma, sie war klug und bestimmt würde ihr auch etwas gegen die Gnack-Gang einfallen. Vielleicht konnte sich Emma gleich in den nächsten Tagen den USC ausleihen. Damit könnte man die Gnacks **gewaltig** hereinlegen. Oskar grinste, als er die letzte Biegung zum Haus nahm. Der Kies knirschte unter den Reifen. Schade, dass die Fahrradklingel letzte Woche geklaut worden war. Sonst hätte er laut geklingelt.

Der Wind war heftiger geworden und trieb die Wolken vor sich her. Für Augenblicke kam der Mond hervor; kalt war sein Licht und die Silhouette der Bäume zeichnete sich hart gegen den Himmel ab. Oskar bremste. **Stutzte**. Sprang vom Rad … Das gab es nicht! Das konnte nicht wahr sein! Unsicher blickte er sich um. Hatte er sich etwa doch verfahren? Nein, er war hier richtig. Links und rechts neben dem Weg blühten noch die letzten Rosen des Sommers, er erinnerte sich ganz genau.

Schaudernd blickte er dorthin, wo noch vor Tagen das Haus von Miss Edison gestanden hatte. Dort war nichts mehr. Und es sah nicht aus, als sei es je anders gewesen. Das Haus war verschwunden.

13. Kapitel

»Oskar!« Eine Hand fasste ihn am Arm, rüttelte ihn, zuerst sanft, dann zunehmend ungeduldig. »Oskar! Wach auf! Du musst aufstehen. Es ist gleich sieben und …«

Schlaftrunken richtete er sich auf. Er öffnete zwar die Augen, doch es dauerte, bis er Marlen wahrnahm, die neben dem Bett stand und immer noch auf ihn einredete. »Mama?«, fragte er. »Wo bin ich? Wo ist …«

Sie seufzte. »Oskar, was soll ich bloß davon halten? Kannst du mir bitte erklären, warum du dich mit Kleidern ins Bett legst? Mit einem Winterpullover? Dabei hast du doch so schöne Schlafanzüge.« Sie schüttelte den Kopf. »So geht das nicht weiter. Wir zwei setzen uns mal zusammen wie früher und du erzählst mir, was los ist. Ja?« Aufmunternd lächelte sie ihm zu. »Und sei bitte leise, wenn du ins Bad gehst. Gunnar schläft noch.«

Oskar nickte und gähnte gleichzeitig, während er sich an die vergangene Nacht zu erinnern versuchte. Bruchstücke tauchten auf und formten sich langsam zu einem Bild. Der Weg durch den Wald. Der Schrei des Nachtvogels. Das Haus, das nicht mehr da war. Er schauderte. Nie mehr würde er diesen Moment vergessen können.

Er streckte sich nach der Wasserflasche, die vor dem Bett stand. Erst als er einen Schluck getrunken hatte, konnte er wieder klar denken. Was, wenn das Haus überhaupt nie existiert hatte? Es den USC überhaupt nicht gab? Emma überhaupt nicht unsichtbar war? … Sich das alles nur in seiner Fantasie abgespielt hatte? Eine Art Traum war?

Immer noch gähnend quälte er sich aus dem Bett und tappte in Richtung Badezimmer. Es war kurz nach eins gewesen, als er nach Hause gekommen war, das wusste er noch. An den Rückweg selbst konnte er sich nicht mehr entsinnen. Aber er musste Marlens Rad abgeschlossen haben, der Schlüssel hing wie immer an einem langen blauen Band am Schlüsselbord neben der Wohnungstür. Und Batman hatte er auch wieder mitgebracht, der lag nämlich in seinem Hundekorb und schlief tief und fest.

Aber was war mit dem **Preventer**? Mit einem Schlag war Oskar hellwach. Er rannte in sein Zimmer zurück und riss die Türen des Kleiderschranks auf. Nichts! Er schloss die Augen und versuchte sich zu erinnern. Wie war das in der Nacht gewesen? Völlig erschöpft war er nach Hause gekommen und ins Bett gesunken. Aber zuvor … Er warf sich auf den Boden und spähte unters Bett. Nichts außer dem üblichen Durcheinander aus Comics und den Socken, die schon seit ein paar Tagen dort lagen. Socken? Er überlegte. Dann sprang er auf und zog hastig die Schubladen am Schrank heraus und wühlte sich durch die Sockenschublade … Tatsächlich, dort lagen die beiden **Preventer**. Der von Miss Edison und daneben der von den Gnacks. Das war der Beweis, dass alles Wirklichkeit war. Er griff nach dem Gnack-Preventer.

»Oskar? Steh endlich auf«, hörte er Marlen leise rufen. »Du kommst sonst noch zu spät.«

Bin ich jetzt froh darüber, dass es wahr ist?, überlegte er, während er ins Wohnzimmer schlich. Und was ist überhaupt Wirklichkeit? Aber das waren Fragen, die sich auf die Schnelle nicht beantworten ließen. Schon wieder rief Marlen, dass er sich gefälligst beeilen solle. Hastig legte er den **Preventer** zurück in den Karton. Vorsichtshalber, falls Gunnar ihn nochmals anschauen wollte.

Seit den letzten Sommerferien gab es einen Schulbus, der kurz vor halb acht fast direkt vor dem Hochhaus in der Ankerstraße hielt. Selbstverständlich hätte Oskar damit zur Schule fahren können wie die meisten aus seiner Klas-

se, aber er wollte nicht. Da konnte Marlen reden, was sie wollte. Egal wie das Wetter war, Oskar behauptete stets, er würde lieber zu Fuß gehen.

Er brauchte zwar über zwanzig Minuten bis zur Birkenfeldschule, aber das war angenehmer, als im Bus darauf zu warten, was die **Gnack-Gang**, die zwei Haltestellen später einstieg, sich wieder ausgedacht hatte. Ein einziges Mal nur war er mit dem Bus gefahren, in der ersten Woche nach den Sommerferien. Notgedrungen, denn er hatte sich am Tag zuvor beim Laufen den Knöchel verstaucht. Prompt setzte sich Tobias Gnack neben ihn und *kippte* ihm eine Flasche Apfelsaft über die helle Sommerhose, versehentlich natürlich, wie er hinterher behauptete. Seither nannten sie ihn Oskar Hosenpisser.

»Du bist aber wirklich reichlich spät dran«, sagte Marlen, als er kurz nach halb acht in die Küche kam. »Wie wär's, wenn du heute mit dem Bus fährst?«

Oskar schüttelte wortlos den Kopf und packte Pausenbrot und Trinkflasche ein.

Im Laufschritt lief er die Ankerstraße entlang, überquerte die Bachlerstraße und bog gerade in die Kastanienallee ein, als ihm der Hausaufsatz einfiel, den er an diesem Montag abgeben sollte. Hatte er das Deutschheft überhaupt eingesteckt? Hoffentlich, er fand seinen Aufsatz nämlich ziemlich gelungen. Über drei Stunden hatte er gestern daran gesessen und nur ein einziges Mal Marlen um einen Tipp gebeten.

Mit Herzklopfen stellte er seinen Rucksack auf einem Mauervorsprung ab und begann zu wühlen. Das Deutschbuch war da, auch Bio und Mathe und die Englischsachen, aber das Deutschheft mit dem knallgelben Umschlag fehlte. Was mehr als ärgerlich war, denn Frau Rösmann-Schleweck, die Deutschlehrerin, hatte vor den Herbstferien angekündigt, alle nachsitzen zu lassen, die den Hausaufsatz nicht rechtzeitig abgeben würden. Sollte er ihn also besser holen? Unschlüssig biss er sich auf die Unterlippe. Dann würde er allerdings zu **spät** kommen, was ebenfalls ärgerlich war. Denn bei dreimaligem Zuspätkommen gab es einen Eintrag ins Klassenbuch und er war in diesem Schuljahr schon zwei Mal zu spät gewesen. Daran war zwar die Gnack-Gang schuld, aber das änderte auch nichts.

Immer noch stand Oskar da und überlegte. Dann hatte er endlich einen Entschluss gefasst. Sollte das erste Auto, das an ihm vorbeifuhr, ein LKW sein, würde er das Heft holen. Bei einem PKW dagegen …

Gespannt drehte er sich zur Straße um, auf der wegen einer Umleitung an diesem Morgen weniger Verkehr als sonst herrschte. Als schließlich ein Kleinlaster an ihm vorbeifuhr, zuckte Oskar mit den Schultern. Gut, damit war es entschieden. Er würde das Heft holen. Dann kam er eben zu spät. Das würde zwar **Stress** mit Marlen und vor allem mit Gunnar bedeuten, aber Nachsitzen war auch nicht viel besser. Er konnte bloß hoffen, dass er das Deutschheft zu Hause auch gleich finden würde.

Er war erst wenige Meter gerannt, als er stutzte. War das Miss Edison, die dort drüben vor dem Copyshop stand? Sie trug einen schwarzen Mantel und ihre langen **roten** Haare flatterten im Wind. Aufgeregt winkte Oskar ihr zu, als ein riesiger LKW mit Anhänger ihm die Sicht nahm. Als der endlich vorbei war, fuhr gegenüber ein Auto mit quietschenden Reifen an und Miss Edison war verschwunden. Oskar starrte dem Auto nach. Ein Auto mit ausländischem Kennzeichen. Englisch? Pittmaloney?,

schoss es ihm durch den Kopf. Oder Lord Sinclair? Eine **Entführung**? Und wo war Emma? Wurde sie womöglich ebenfalls entführt? Oskar sprintete los.

Hätte jemand seine Zeit gestoppt, so wäre sie **weltrekordverdächtig** gewesen. Er überlegte, ob er die Polizei anrufen sollte, aber dann fiel ihm ein, dass er sein Handy nicht dabeihatte. Und was hätte er den Polizisten auch sagen können? Kommen Sie sofort! Meine Englischlehrerin wird gerade gekidnappt! Und meine Klassenkameradin Emma auch. Aber sie ist leider **unsichtbar**.

An einem Fußgängerüberweg musste das Fahrzeug anhalten und Oskar beschleunigte noch einmal. Sein Kopf dröhnte, als er endlich das Auto erreichte. Mit beiden Händen trommelte er gegen die abgedunkelte Seitenscheibe. »**Miss Edison!**«, brüllte er verzweifelt. »Miss Edison!«

Vergeblich! Das Auto raste davon.

14. Kapitel

Das Klassenzimmer der 7b befand sich im Kellergeschoss. Vorübergehend nur, denn der eigentliche Raum zwei Stockwerke höher musste wegen eines Wasserschadens renoviert werden. Jemand hatte vor einigen Wochen an einem Freitagnachmittag vergessen, den Wasserhahn im Chemielabor richtig zuzudrehen, und erst Montag früh war die **Überschwemmung** bemerkt worden.

In alter Gewohnheit wollte Oskar zuerst nach oben rennen, aber dann fiel ihm wieder ein, dass er ja in den *Kellerraum* musste, und er drehte auf dem Absatz um. Exakt eine halbe Stunde war er nun zu spät; er würde also einen Eintrag ins Klassenbuch bekommen und außerdem nachsitzen dürfen, weil er den Hausaufsatz nicht dabeihatte. Denn seinen ursprünglichen Plan, nochmals nach Hause zu gehen, hatte er aufgegeben.

Stattdessen hatte er sich vorhin auf eine Bank in der Kastanienallee gesetzt und erst einmal gründlich nachgedacht. Denn plötzlich war er sich überhaupt nicht mehr sicher, wirklich Miss Edison gesehen zu haben. Viele Frauen trugen einen schwarzen Mantel, und lange rote Haare waren auch keine Seltenheit. Außerdem war es gut möglich, dass die Frau in eines der Geschäfte gegangen war, während ihm die Sicht durch den LKW versperrt gewesen war. Konnte also sein, er hatte sich gerade **gewaltig** zum Affen gemacht, als er dem Auto nachrannte. Er war bloß froh, dass die Gnack-Gang ihn nicht dabei beobachtet hatte. Was Tobias sich wohl für den heutigen Tag wieder ausgedacht hatte? Oskar verzog das Gesicht. Genau genommen hatte er an diesem Montagmorgen noch weniger Lust auf Schule als sonst. Er war verschwitzt vom Laufen und todmüde, denn er hatte viel zu wenig geschlafen. Und er hatte schlechte Laune, etwas, das Emma nun gar nicht leiden konnte.

Emma war der Grund, weshalb er jetzt doch in den Kellerraum ging. Ob sie wohl da war? Vielleicht war ein Wunder geschehen und sie würde auf ihrem Platz neben Pinar in der zweiten Reihe links sitzen. Er klopfte und noch bevor Frau **Rösmann-Schleweck** »Herein!« rufen konnte, hatte er auch schon die Tür aufgerissen. Als Erstes blickte er zu Pinar hinüber. Der Platz neben ihr war leer und Oskar ahnte, er würde es auch den ganzen Tag über bleiben.

»Ich habe verschlafen«, sagte er, weil ihn Frau Rösmann-Schleweck, die gerade durch die Bankreihen ging und die Hausaufsätze einsammelte, fragend anblickte.

»Penner«, kicherte jemand. Es hörte sich nach Tobias Gnack an.

Frau Rösmann-Schleweck, die alle nur Rösi nannten, schüttelte missbilligend den Kopf und legte den Finger auf den Mund.

Oskar ging zu seinem Platz. Bevor er sich setzte, warf er einen kurzen Blick auf seinen Stuhl. Denn immer wieder hatte Tobias dort einen nassen Schwamm platziert, aber Oskar hatte ihn zum Glück jedes Mal noch rechtzeitig entdeckt. Nein, an diesem Morgen war alles in Ordnung, wenn man davon absah, dass Emma fehlte. Wieder schielte er zu Pinar hinüber, als könnte er durch einen Blick Emma herbeizaubern – was eindeutig nicht funktionierte. Er setzte sich.

In den letzten Schuljahren hatte er seine eigene Strategie entwickelt. Er störte eigentlich nie, erledigte meistens seine Hausaufgaben und verhielt sich so unauffällig, dass es sogar Lehrer gab, die ihn erst bemerkten, wenn es um die Noten ging. Zumindest war das lange Zeit so gewesen; jetzt allerdings schien es sich zu ändern. Rösi rief ihn in

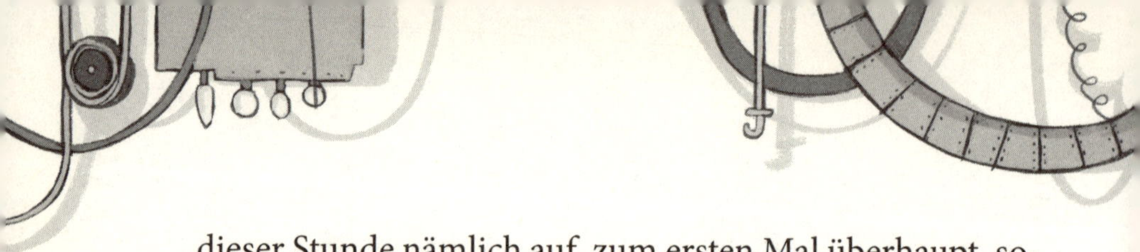

dieser Stunde nämlich auf, zum ersten Mal überhaupt, soweit er sich erinnern konnte. Er schüttelte bedauernd den Kopf. Er hatte wirklich nicht die geringste Ahnung, wie das Passiv des Satzes lautete, der an der Tafel stand und auf den Rösi geduldig deutete.

»Oskar, das musst du doch noch wissen! Wir haben es vor den Ferien so oft geübt. *Bitte*«, sagte sie. Es klang fast flehentlich.

Es nicht zu wissen, tat ihm ein bisschen leid, denn eigentlich fand er seine Deutschlehrerin ganz nett. Sie hatte ihn immer in Ruhe gelassen und vielleicht sollte er sie einfach bitten, das in Zukunft auch zu tun.

»Also gut«, meinte sie schließlich. »Ich sehe ein, dass es schwierig für euch ist, vom Ferienmodus in den Schulmodus umzuschalten. Deshalb wiederholen wir heute nochmals alles, was wir vor den Ferien geübt haben. Aber dann muss es endlich sitzen. Versprecht ihr mir das?«

Sie verbrachte den Rest der Doppelstunde damit, die Tafel vollzuschreiben, während es in der Klasse immer lauter wurde. Tobias Gnack zeigte Fotos auf seinem Handy herum, aus einem Actionfilm, der erst ab sechzehn war, wie er behauptete, und dann kreischten ein paar der Mädchen auf, weil sich eine *Spinne* von der Decke abgeseilt hatte und unter einer Bank verschwunden war. Frau Rösmann-Schleweck schrieb einfach weiter, Wort für Wort, Satz für Satz, als würde sie den Krach hinter sich nicht hören. Vielleicht hatte ja auch sie die Gabe, ihre Ohren einfach verschließen zu können.

Oskar gehörte zu den wenigen, die mitschrieben. Doch bei der Sache war er nicht, denn noch immer überlegte er, warum Emma fehlte. War sie vielleicht nur krank? Das jedenfalls trug Rösi nach der Stunde ins Klassenbuch ein.

»Nächste Stunde sitzt das Passiv aber«, mahnte sie in Richtung Oskar, während sie ihre Sachen zusammenpackte. Seinen fehlenden Hausaufsatz schien sie völlig vergessen zu haben.

Nach zwei unerfreulichen Mathestunden und Bio – was aber eher locker war – stand Englisch auf dem Stundenplan. Oskar spürte, wie er immer nervöser wurde. Was in diesem Fall weniger mit dem Fach zu tun hatte, sondern ausschließlich mit der Frage: Würde Miss Edison auftauchen? Er drehte sich zu Nick um. »Du, sag mal …«

Vor ein paar Wochen noch waren sie Banknachbarn gewesen. Aber seit sie im Kellerraum waren, saß Nick in der letzten Bank neben Dimitri, mit dem er zusammen im Fußballverein war. Ein paar Tage lang hatte Oskar ihm das **schwer** übel genommen, sich dann aber damit abgefunden. »Du, sag mal …«, wiederholte er.

Nick, der sich mit einem Filzstift noch schnell ein paar Vokabeln in die Handfläche schrieb, falls Miss Edison abfragen würde, blickte hoch.

»Weißt du, ob Englisch ausfällt?«, fragte Oskar.

»Schön wär's.« Nick stieß Dimitri an. »**He**, fällt Englisch aus?«

Dimitri grinste übers ganze Gesicht. Nur ganz knapp war er letztes Jahr am Sitzenbleiben vorbeigeschrammt, und das hauptsächlich wegen Englisch. Er behauptete, er könne sich keine Vokabeln merken, das sei eine Art Krankheit und dafür dürfe er nicht bestraft werden. Aber alle Lehrer waren sich einig, Dimitri war einfach nur faul. »Die Edison kann von mir aus das ganze Jahr Ferien machen.« Er biss in sein Pausenbrot. »Echt, ich kann auf Englisch verzichten.«

Aus dem Lautsprecher über der Tür war ein leises Knacken zu hören, dann die Stimme von Tristan, der die Theater-AG seit den Sommerferien leitete. »Wir treffen uns heute in der großen Pause im Oberstufenzimmer«, sagte er. »Das ist die letzte Besprechung vor der Hauptprobe. Für alle Mitglieder der Theater-AG besteht Anwesenheitspflicht. Bringt bitte *gute Laune* mit.«

Unruhig rutschte Oskar auf seinem Stuhl hin und her. Wie es aussah, würde diese Besprechung ohne Emma stattfinden müssen, womöglich auch die Hauptprobe und vielleicht auch die Premiere. Noch zwei Minuten, dann war die Pause vorüber und er würde wenigstens Gewissheit haben, was mit Miss Edison war. Er hoffte es wenigstens.

Ende des letzten Schuljahres war Herr **Hastenteuffel** in Pension gegangen; seine Nachfolgerin war Miss Edison geworden. Was man von ihr wusste, war, dass sie aus England kam und ein paar Eigenheiten hatte. Wie zum Beispiel, dass sie immer *auf die Sekunde genau* das Klassenzimmer betrat; meist wartete sie vor der Tür, bis der Zeiger umsprang. Deshalb war es auch sehr ungewöhnlich, dass eine Minute nach dem Klingeln von Miss Edison noch nichts zu sehen war. Dimitri jubelte bereits. Doch dann ging die Tür auf.

»Good morning, boys and girls!«, rief Miss Edison. Sie blieb einen Moment in der Tür stehen, als zögere sie, das Klassenzimmer zu betreten. Aber sie strahlte, wie sie das immer bei der Begrüßung machte.

»Good morning, Miss Edison!«, schallte es ihr entgegen. Es klang nicht sehr begeistert.

Oskars Herzschlag normalisierte sich langsam. Eines war schon mal sicher: Niemand hatte Miss Edison entführt. Er hatte befürchtet, man könnte ihm ansehen, wie aufgeregt er war, doch niemand achtete auf ihn. Alle starrten Miss Edison an, die einen Packen Blätter in der Hand hielt. Einige ahnten bereits, was nun kommen würde, denn aufgeregtes Gemurmel war zu hören. Miss Edison, die immer noch lächelte, drückte den Packen Daniel, der direkt neben der Tür saß, in die Hand.

»Wir schreiben jetzt unseren Test. Behauptet bloß nicht, ihr hättet es nicht gewusst, ich habe ihn angekündigt. Ich möchte nämlich gerne sehen, was ihr an Wissen über die Ferien gerettet habt«, sagte sie.

Augenblicklich brach der Proteststurm los. Tobias trommelte mit beiden Fäusten auf seinen Tisch. »Das ist überhaupt nicht erlaubt!« Seine Stimme kippte. »Am ersten Tag nach den Ferien dürfen Sie nämlich gar nicht abfragen! Ich sag's meinem Vater und der kennt einen Rechtsanwalt!«

Miss Edison schien nicht beeindruckt. Ihr Strahlen war inzwischen zu einem knappen Lächeln geschrumpft und sie tippte auf ihre Armbanduhr. »Ihr habt zwanzig Minu-

ten. Ein Rat noch: Schimpft nicht länger herum. Das geht nur von eurer Zeit ab.«

Die Aufregung legte sich so schnell, wie sie gekommen war. Auch Oskar ging es wieder besser. Das hatte einerseits mit dem Test zu tun, einem Test zum Ankreuzen, wie er erleichtert feststellte. Dabei hatte man wenigstens eine klitzekleine Chance, zufällig das richtige Kästchen zu erwischen. Hauptsächlich aber hing seine Erleichterung damit zusammen, dass Miss Edison augenscheinlich ganz *die* Miss Edison war, die er vom Englischunterricht kannte. Ihre roten Haare waren zu einem dicken Zopf geflochten und wie üblich trug sie einen Hosenanzug, an diesem Tag einen grauen, dazu einen weißen Rollkragenpullover. Lediglich ihre Brosche irritierte Oskar. Die hatte sie nämlich schon einmal getragen, vor drei Tagen, als er in einem geheimnisvollen Haus im Wald gewesen war, einem Haus, das plötzlich wie vom Erdboden verschluckt war. Aber darüber mochte er jetzt lieber nicht nachdenken.

»Nick und Dimitri, ihr zwei kommt nach vorn«, hörte er Miss Edison sagen. Sie deutete auf die Bank, in der eigentlich Sevara und Annika saßen, aber die beiden waren an diesem Tag beim Regionaltreffen der Schülervertreter. »Ich hätte euch ganz gern unter Kontrolle. Und nehmt endlich eure Caps ab. Wie oft soll ich euch das noch sagen!«

Maulend **latschten** Nick und Dimitri nach vorn. Währenddessen **kaute** Oskar auf seinem Kuli herum. Sollte er bei Frage eins das Kreuzchen im ersten, zweiten oder dritten Kästchen machen? … Er hatte sich soeben für das zweite entschieden, setzte bereits an, als er spürte, wie sein Kuli von einer unsichtbaren Hand zum dritten Kästchen geführt wurde.

»Emma?«, wisperte er.

Sein Herz klopfte wie verrückt, während der Stift über das Papier *tanzte* und Kreuzchen um Kreuzchen in die Kästchen setzte. Emma schien sich ihrer Sache sehr sicher zu sein, denn sie zögerte kein einziges Mal.

Miss Edison kam langsam durch die Bankreihen auf ihn zu und warf bei dem einen und anderen einen Blick auf den Test. Ein paarmal runzelte sie die Stirn und dann wurde schnell ein anderes Kästchen angekreuzt. Als sie vor seiner Bank stand, fragte sie: »Oskar? Ist bei dir alles klar?«

»Ja«, antwortete er, »alles klar.«

Und damit meinte er nicht nur den Test.

Zum ersten Mal überhaupt stellte sich Oskar nicht geduldig in der endlos langen Schlange vor der Essensausgabe an. Er **mogelte** sich vor, wie das andere – zum Beispiel die Gnack-Gang – regelmäßig taten. Schließlich hatte er es eilig, denn Emma wartete auf ihn.

Was ist mit dem Preventer???
Wir treffen uns im alten Klassenzimmer!
Bring mir bitte was zu essen mit!

hatte sie in sein Englischheft gekritzelt, doch auf seine geflüsterte Frage, was genau er ihr mitbringen solle, nicht mehr geantwortet. Vielleicht war sie da ja bereits wieder **verschwunden**, denn Miss Edison hatte kurz zuvor die Tür geöffnet. »Ich dachte, ich hätte ein Klopfen gehört«, behauptete sie, aber wahrscheinlich wollte sie nur Emma hinauslassen.

Mit zwei Äpfeln, einem Brötchen, eingewickelt in eine Papierserviette, und einem Erdbeerjoghurt rannte Oskar in den zweiten Stock des Schulhauses. Ein rot-weißes Band spannte sich vor den Räumen, die renoviert werden mussten; er hob es an und im selben Augenblick ging auch schon eine Tür auf und er **schlüpfte** ins Zimmer.

»Was ist mit dem Preventer?«, rief Emma ihm entgegen.

»Alles in Ordnung«, erwiderte Oskar.

Er hatte während des Mittagessens und auch noch auf dem Weg von der Mensa bis hierher unentwegt darüber nachgedacht, was er Emma sagen sollte. Auf gar keinen Fall wollte er sie beunruhigen. Genau genommen gab es auch keinen Grund dafür. »Gunnar hat festgestellt, dass der **Preventer** kaputt ist, aber er hat es geschafft, ihn zu reparieren«, sagte er und war zum ersten Mal ein bisschen stolz auf ihn.

»Okay, und wo ist er?«

»Na ja, da gibt es noch ein kleines Problem. Aber ich bin dran. **Versprochen!**«

Einen Moment lang herrschte Schweigen. Dann meinte Emma: »Na gut, dann esse ich eben erst mal was.« Sie nahm ihm das Brötchen aus der Hand. Die obere Hälfte wurde hochgeklappt und eine halbe Essiggurke schwebte vor Oskars Mund. »Willst du? Gurke ist nicht so mein Ding.«

Er nickte erleichtert. Emmas Stimme klang zwar enttäuscht, aber sie schien es ihm wenigstens nicht übel zu nehmen, dass er den Preventer nicht dabeihatte.

»Danke übrigens«, sagte sie **kauend**. »Ich bin halb verhungert, aber ich konnte natürlich nicht in die Mensa. Ehrlich, Oskar, ich habe total die Nase voll vom Unsichtbarsein. Gerade geht so ziemlich alles schief.« Sie hatte wohl nach dem Apfel gegriffen, denn er schwebte durch die Luft. »Du weißt ja noch gar nicht, was inzwischen alles passiert ist. Am besten fang ich mit dem Samstagnachmittag an. Ich habe also im Hochhaus unten auf dich gewartet. Aber es hat gedauert und gedauert.«

»Ja, das lag an Gunnar«, sagte er.

»Das dachte ich mir schon. In dem Fall war es aber echtes Glück. Ich hab mich **höllisch** gelangweilt, so rumzustehen. Also bin ich nach draußen gegangen und habe das schwarze Auto entdeckt.«

»Pittmaloney?«, rief Oskar aufgeregt.

»Genau der. Er stand auf dem Parkplatz und hat telefoniert. Genauer gesagt, er hat ins Telefon gebrüllt. Und jetzt rate mal, mit wem er telefoniert hat? Mit Lord Sinclair. Er hat ihm erzählt, dass er die Spur aufgenommen hätte und die Sache schon fast erledigt sei. Du kannst dir nicht vorstellen, was ich für einen Schreck gekriegt habe. Ich musste sofort zu Tante Millie und sie warnen. Und ich habe dir eine Nachricht an den Briefkasten geklebt, dass ich **dringend** deine Hilfe brauche.«

Oskar zupfte verlegen an seinem Sweatshirt herum. Sollte er sich jetzt entschuldigen? »Ich musste Gunnar beim Tapezieren helfen«, murmelte er.

»Er hat es wirklich verdient, dass wir ihn demnächst mal für eine Weile unsichtbar machen«, sagte Emma lachend und erleichtert stimmte Oskar mit ein.

Der Deckel des Erdbeerjoghurts schwebte zum Papierkorb unter dem Waschbecken und gleich darauf tauchte der Plastiklöffel, an den Oskar zum Glück noch gedacht hatte, in das Joghurt ein.

»**Ooh!** Erdbeerjoghurt ist mein Lieblingsjoghurt«, meinte Emma. Eine Weile lang löffelte sie schweigend, dann sagte sie: »Du kannst dir vorstellen, Tante Millie war ziemlich fertig. Sie fürchtete, es sei nur noch eine Frage der Zeit, bis Pittmaloney auftauchen würde. Ich hab ihr gesagt, dass du den Preventer so schnell wie möglich bringst, aber nicht mal das hat sie beruhigt. Sie meinte, alles, was sie jetzt noch tun könne, sei, das Haus **verschwinden** zu lassen. Zum Glück geht das ja ohne den Preventer. Hauptsache ist fürs Erste, Pittmaloney findet sie nicht.«

Oskar setzte sich auf die Fensterbank, wo er Emma vermutete, denn mittlerweile tanzte dort der Apfel herum. »Ich war übrigens heute Nacht noch am Haus und wollte euch den Preventer bringen, aber …«

»Du Ärmster! Das war unheimlich lieb von dir, aber bestimmt war das der Schock deines Lebens«, unterbrach sie ihn. »Ich konnte dich leider nicht mehr warnen. Wir sind sofort in eine Pension gezogen, in der Maybachstraße. Das heißt, Tante Millie ist dort eingezogen. Dass ich dabei bin, weiß natürlich niemand. Aber das ändert sich, sobald wir endlich den **Preventer** haben. Was meinst du, kannst du ihn nochmals zum Haus bringen?« Sie lachte. »Du musst nur vorsichtig sein, dass du nicht gegen die Wände läufst. Tante Millie hat sich schon einige blaue Flecken geholt.«

Oskar überlegte. »In zehn Minuten muss ich in die Kunst-AG. Dann bin ich kurz nach vier zu Hause und hole den Preventer. Schätze, ich bin gegen fünf, spätestens halb sechs draußen bei euch.«

Der **angebissene** Apfel hüpfte auf und ab. »Du kannst es ja leider nicht sehen. Aber ich freue mich total darauf, wieder sichtbar zu sein.«

15. Kapitel

So quälend langsam waren die zwei Stunden in der Kunst-AG noch nie vergangen. Der Minutenzeiger schien zu *schleichen*, egal wie oft Oskar zur großen Wanduhr hochblickte, die über der Tür des Zeichensaals hing. Doch endlich ertönte die Klingel. Oskar sprang auf, packte die Collage zum Thema *Die Welt gehört uns allen*, an der er seit Wochen arbeitete, hastig zusammen und rannte los. Dieses Mal würde es klappen. Dieses Mal musste es einfach klappen!

Die einzige Schwierigkeit bestand darin, unbemerkt wieder an den Preventer zu kommen. Notfalls, so überlegte Oskar auf dem Heimweg, könnte er ihn Gunnar vielleicht abkaufen. Oder er würde behaupten, dass er sich den Preventer zum Geburtstag **wünschen** würde. Was vielleicht doch keine besonders gute Idee war, denn er hatte erst in einem halben Jahr Geburtstag. Dann vielleicht als Weihnachtsgeschenk, dachte er, während er die Wohnungstür aufschloss. Ja, als Weihnachtswunsch könnte der Preventer durchgehen. Er würde einfach behaupten, er interessiere sich seit Kurzem für alles Technische.

Er lauschte. In der Küche spielte das Radio (Marlen war also zu Hause) und im Wohnzimmer war alles ruhig. Hielt Gunnar vielleicht einen Mittagsschlaf? Oskar presste das Ohr an die Wohnzimmertür, als er Marlen rufen hörte: »Gunnar? Du bist schon wieder zurück? Das ging aber schnell.«

Oskar stutzte. Gunnar war also nicht da? Erleichtert, denn besser hätte es gar nicht laufen können, drückte er gerade die Klinke der Wohnzimmertür herunter, als Marlen in den Flur kam. Sie wedelte mit ihren frisch lackierten Fingernägeln. »Ach, du bist es. Ich dachte Gunnar. Wie war's in der Schule?«

»Alles okay«, murmelte er nur. Diese Frage stellte sie jeden Tag, wenn er aus der Schule kam, und er beantwortete sie jeden Tag mit diesem beruhigenden *alles okay*. Er räusperte sich. »Ehm … ich muss dann noch kurz weg.«

»Du musst weg? Aber du bist doch gerade erst gekommen.« Sie pustete über ihre Fingernägel. »Oskar, das geht nicht. Du bleibst jetzt hier und ruhst dich mal ein bisschen aus. Außerdem essen wir in einer Stunde und …«

»Ich treff mich aber mit … ehm … mit Tobias.«

»Tobias Gnack?« Marlen verzog das Gesicht. »Na gut, ausnahmsweise. Aber zum Essen bist du spätestens zurück, verstanden?«

Er hatte zwar ein schlechtes Gewissen, denn das war jetzt eindeutig geschwindelt. Doch in diesem Fall ging es um Emma und die Tatsache, dass sie ohne seine Hilfe noch länger unsichtbar sein würde. »Ich geh nachher auch noch mit Batman raus«, versprach er.

Marlen lachte. »Ist sowieso deine Aufgabe, dass das mal klar ist. Das brauchst du also gar nicht extra zu betonen. Aber heute kannst du es dir sparen. Gunnar hat ihn mit rübergenommen zur Post. Ich kann mir nicht vorstellen, dass Batman anschließend noch mal raus will. Am liebsten liegt er ja nur rum und schläft und …«

Wie bitte? Gunnar war zur Post gegangen? Bei Oskar schrillten sämtliche Alarmglocken. »Gunnar ist zur Post?«, unterbrach er Marlen. »Aber warum denn?«

»Oskar! Warum geht jemand zur Post? Zum Schuhekaufen vielleicht?« Erneut pustete sie über ihre Fingernägel und musterte ihn dabei. »Na, du stellst vielleicht komische Fragen. Gunnar bringt rasch das Päckchen weg mit diesem merkwürdigen Ding, das er gestern repariert hat. Irgendjemand ist bereit, hundertfünfzig Euro dafür zu bezahlen. Das ist 'ne ganze Menge Geld, finde ich.

Sag mal, geht's dir nicht gut? Ich denk schon die ganze Zeit, du siehst ein bisschen krank aus. Mir ist das heute morgen schon aufgefallen. Du kannst Tobias Gnack doch auch ein anderes Mal treffen. Ich …« Das Telefon hinter ihr schrillte. »Am besten gleich ab mit dir ins Bett«, flüsterte sie Oskar zu, während sie nach dem Telefon griff und abnahm.

Wie betäubt ging er den Flur entlang zu seinem Zimmer. Es fiel ihm schwer, einen klaren Gedanken zu fassen. Mit geschlossenen Augen lehnte er sich sekundenlang an die Wand. Alles war schiefgegangen. Was konnte er jetzt noch tun? Der **Preventer** von Miss Edison fiel ihm ein. Bestimmt könnte Gunnar ihn ebenfalls reparieren. Die Frage war nur, wie man ihn dann davon abhalten konnte, dieses Teil ebenfalls bei Ebay einzustellen. Vermutlich würde das die größte Schwierigkeit sein. Und es würde dauern, denn Gunnar ließ sich nicht drängen. Also musste er Miss Edison und Emma jetzt zumindest gestehen, was passiert war, so leid ihm das auch tat. Es gab keine andere Lösung. Er musste es hinter sich bringen. Und zwar sofort.

Er schlich an der Küche vorbei, wo Marlen ihr Telefonat anscheinend beendet hatte, denn inzwischen spielte das Radio wieder und er hörte, wie sie laut mitsang. Gerade hatte er seine Schuhe angezogen und die Schnürsenkel entwirrt, die sich wieder einmal verknotet hatten, als die Wohnungstür aufgeschlossen wurde. Gunnar, sichtlich schlechter Laune, zog Batman hinter sich her in den Flur.

»Hallo«, murmelte Oskar und überlegte, ob er sich einfach an den beiden **vorbeidrücken** sollte. Aber dazu war es schon zu spät, denn Marlen kam mit einer Kanne Tee aus der Küche. »Für dich, Oskar«, meinte sie lächelnd. Jetzt erst bemerkte sie Gunnar, der wortlos seine Lederjacke an den einzig freien Garderobenhaken hängte. »Und? Hat's geklappt?«, erkundigte sie sich.

»Von wegen. Hätte ich mir sparen können. Der Postladen beim Friseur hat montags immer geschlossen.«

»Versuch's doch bei der Hauptpost«, schlug sie vor. »Die hat bestimmt offen.«

Oskar schluckte. Hieß das jetzt, Gunnar hatte

den Preventer noch gar nicht weggeschickt? Vor Aufregung *stotterte* er ein wenig, als er sagte: »Das … das kann ich doch erledigen. Ich mach das gern.«

Gunnar lachte. »Na endlich hört man mal was Vernünftiges von dir.«

Aus dem weißen Stoffbeutel, den er ebenfalls an die Garderobe gehängt hatte, holte er das Päckchen und drückte es Oskar in die Hand.

»Aber Oskar fühlt sich nicht wohl«, protestierte Marlen. »Ich habe ihm einen Kräutertee gemacht und er sollte sich **schleunigst** ins Bett legen.«

Oskar schüttelte den Kopf. »Nein, ich bin nicht krank. Mir geht es prima, ehrlich«, sagte er, und so war es auch. Er versprach, gut auf das Päckchen achtzugeben. Er versprach, die Wollmütze aufzusetzen, die Marlen aus dem Garderobenschrank kramte. Er versprach, rechtzeitig zum Abendessen zurück zu sein, denn es sollte Kartoffelpuffer geben, und die würden nur frisch aus der Pfanne schmecken. Er hätte alles versprochen, alles. Hauptsache, er hatte endlich den Preventer. Leichtfüßig lief er die Treppen hinunter und versuchte währenddessen, die Adresse auf dem Päckchen zu entziffern. Eine Firma in London. Von Lord Sinclair oder Pittmaloney stand dort nichts, aber das sagte wenig.

Immer wieder **überspran g** Oskar zwei, drei Stufen, war in Rekordzeit im Erdgeschoss und nach wenigen Minuten schon in der Bachlerstraße, von wo aus er in den Tannenweg abbog. Denn von dort führte ein schmaler Weg zur Waldach hinunter und Oskar hoffte, dass er am Flusslauf entlang ein paar Minuten einsparen würde. Spätestens um halb sechs, das hatte er Emma schließlich versprochen, wäre der Preventer da. Ob er wohl dabei sein durfte, wenn Miss Edison sie wieder sichtbar machte? Emma hatte bestimmt nichts dagegen. Eigentlich waren sie jetzt ja schon **richtige** Freunde.

Vielleicht war es aber doch keine so gute Idee gewesen, an der Waldach entlangzulaufen. An einigen Stellen hatte er nämlich Mühe, dem Müll auszuweichen, den die starken Regenfälle am Wochenende ans Ufer gespült hatten. Einmal **stolperte** er über einen alten Plastikkanister, konnte sich aber gerade noch abfangen. Und dann verlor sich der Pfad plötzlich in einem dichten Brombeergebüsch. Oskar war schon fast so weit, umzukehren, als er in einiger Entfernung die alte Steinbrücke entdeckte. Von dort aus waren es nur noch wenige Minuten bis zum Wald.

Das Flackern am Fuß der Brücke war ihm gleich aufgefallen, aber er maß ihm keine besondere Bedeutung bei. Vermutlich verbrannte dort jemand Gartenabfälle aus den angrenzenden Schrebergärten, was zwar verboten war, aber trotzdem gemacht wurde. Erst als er näher kam, erkannte er, dass es sich um eine Art Lagerfeuer handelte.

Die drei Gestalten, die dort auf einem angeschwemmten Baumstamm hockten, wandten den Kopf. »He, wir kriegen Besuch von unserem kleinen Hosenpisser!«, rief ihm Tobias Gnack entgegen und **klatschte** sich grinsend auf die Schenkel. »Und ein Geschenk hat er uns auch mitgebracht!«

16. Kapitel

Mit beiden Händen hielt Oskar das Päckchen umklammert, als Tobias und Fynn auf ihn zumarschierten. Im ersten Moment wollte er umdrehen und **abhauen**, aber da stand auch schon Steve hinter ihm und rief: »Alles klar, Boss! Auftrag ausgeführt, ich hab ihm den Rückweg abgeschnitten!«

Oskar überlegte, ob er es schaffen würde, die steile Böschung hinaufzuklettern, aber das war aussichtslos, das brauchte er erst gar nicht zu versuchen. Langsam kam Tobias näher. Schließlich war er so nah, dass sich ihre Nasenspitzen beinahe berührten.

»Her damit!«, befahl er. »Du hast uns verdammt lange warten lassen. Hoffentlich hast du wenigstens die richtigen geklaut.«

Oskar schüttelte verzweifelt den Kopf. »Stopp mal. Das sind keine Computerspiele. Das Päckchen gehört nicht mir. Ich muss es nur zur Post bringen.«

»Zur Post! **Ha, ha, ha**«, kicherte Steve und trat ihm gegen die Kniekehlen. Nur mit Mühe konnte Oskar einen Schmerzensschrei unterdrücken. Steve kicherte immer noch. »Klar, die Post ist hier unten an der Waldach. Jetzt rück die Spiele endlich raus.«

»Ja, rück sie endlich raus«, echote Fynn. Er tänzelte um Oskar herum, hatte die Arme erhoben und boxte mit grimmigem Gesichtsausdruck in die Luft. »Sonst kriegst du **gewaltig** Ärger mit mir.«

»Also?« Tobias war einen Schritt zurückgetreten. Er verschränkte die Arme vor der Brust. »Wir könnten das auch ohne Blutvergießen regeln. Aber vorher wollen wir noch eine nette kleine Entschuldigung von dir hören, weil es so lange gedauert hat. Und jetzt gib endlich her.«

»Nein!« Niemals würde Oskar freiwillig den Preventer herausrücken. »**Nein!**«, wiederholte er in die plötzliche Stille hinein.

»Okay … du wirst sehen, was du davon hast«, sagte Tobias. Er klang erbost und zwischen seinen Augenbrauen hatte sich eine steile Falte gebildet. »Du hast es so gewollt.«

Und wie auf ein geheimes Zeichen hin stürzten sich seine beiden Brüder auf Oskar. Sie rissen und zerrten an dem Päckchen, aber er hatte die Finger in die dicke Schnur gekrallt, mit der Gunnar es sehr sorgfältig verschnürt hatte.

»Warum kriegt ihr lahmen Säcke das nicht hin?«, hörte er Tobias ärgerlich rufen.

Im selben Augenblick wurde er zu Boden geworfen und spürte gleich darauf einen **heftigen** Schmerz in der rechten Hand.

»Na also«, sagte Tobias zufrieden, als Oskar das Päckchen endlich losließ. »Warum nicht gleich so? Fynn! Hör endlich auf zu beißen. Lass ihn aufstehen.«

Oskar rappelte sich hoch. Seine Hand **brannte** wie Feuer. In ohnmächtiger Wut musste er zusehen, wie Tobias mit einem Taschenmesser die Schnur durchsäbelte und das Papier aufriss. Fynn und Steve hielten ihn die ganze Zeit über mit eisernem Griff fest.

»Interessant.« Tobias zog eine angewiderte Grimasse, als er den Preventer aus dem Karton nahm. »Wollte ich schon immer mal haben, so einen Scheiß. Was soll das überhaupt sein? Ein Rasierapparat? Hehehehe, ob dieses Teil auch durch meinen Bart kommt?« Er fuhr sich mit dem Preventer übers Kinn, was **völlig** witzlos war, denn dort zeigte sich noch kein einziges Haar, und Fynn und Steve schütteten sich aus vor Lachen. »Oder ist das eher ein Mikro? Klar, ist ein Mikro.« Mit tiefer Stimme rief er: »Hier spielt die Gnack-Band, die beste Band aller Zeiten! Und am Schlagzeug der geniale Fynn Gnaaaaaaack!«

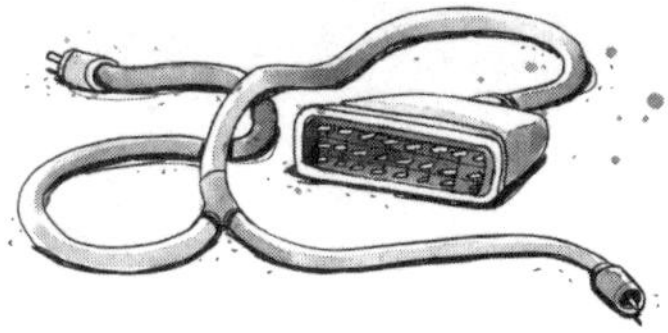

Für eine Sekunde ließ Fynn Oskars Arm los und tat, als würde er am Schlagzeug einen Trommelwirbel veranstalten. Genau diesen Augenblick nutzte Oskar. Mit einer schnellen Drehung rammte er Steve den Ellenbogen in den Bauch und riss Tobias den Preventer aus der Hand. Aber was jetzt?

Tobias lachte höhnisch. »Tja, Hosenpisser, das hast du dir so einfach gedacht. Aber hier kommst du nicht so schnell weg. Erst musst du uns ganz lieb bitten, dass du uns dieses supergeile Dingsda wieder überreichen darfst. Und dann spielen wir vielleicht ein bisschen Fußball damit. Wie gefällt dir das?«

Fieberhaft überlegte Oskar. Der einzige Ausweg für ihn war die Waldach. Zwar war sie nicht sonderlich tief, aber es gab an einigen Stellen gefährliche Strömungen und in der beginnenden Dunkelheit erschien sie ihm schwarz und unheimlich. Marlen hatte ihm jedenfalls streng verboten, jemals dort baden zu gehen, aber auf so eine verrückte Idee kam eigentlich sowieso niemand. Denn die Waldach wurde auch die kalte Waldach genannt, weil ihr Wasser direkt aus den Bergen kam und auch im Hochsommer eisig war.

Aber das alles war jetzt egal. Den Preventer in der Hand, spurtete Oskar unvermittelt los. Er hörte Fynn aufkreischen, aber da *schwappte* das Wasser bereits an seinen Oberschenkeln und er stolperte weiter, dem anderen Ufer entgegen. Es waren vielleicht zwanzig Meter, vielleicht auch dreißig, so genau ließ sich das nicht abschätzen. Er wusste nur, er musste schnell sein, sehr schnell sogar. Doch seine größte Angst, dass die Gnacks ihn verfolgen würden, trat nicht ein. Sie **brüllten** ihm sämtliche Verwünschungen nach, die ihnen einfielen. Es waren eine ganze Menge, aber ins Wasser traute sich keiner von den dreien.

Inzwischen war Oskar bereits in der Flussmitte. Vor jedem Schritt tastete er jetzt mit der Fußspitze vorsichtig den Boden ab, denn hier lagen größere Steine auf dem Grund und er hatte Angst zu stolpern. Das Wasser reichte ihm bis zur Brust, die Kälte nahm ihm fast den Atem und seine Haut brannte, aber er nahm den Schmerz kaum wahr. Das einzig Wichtige war: Der Preventer durfte auf gar keinen Fall nass werden.

Als Oskar das Wasser bis zum Kinn stand, holte er tief Luft und schwamm los. Mühsam **paddelte** er mit der einen Hand, während die andere immer noch den Preventer in die Höhe hielt. Ihm kam es vor, als würde er endlos lange schwimmen, doch in Wirklichkeit waren es nur sieben oder acht Schwimmzüge, bis er mit einem Mal wieder festen Boden unter den Füßen spürte. Dann, nach wenigen taumelnden Schritten, hatte er endlich das Ufer erreicht, das an dieser Stelle mit großen Felsbrocken befestigt war. Mit letzter Kraft kletterte er hoch, riskierte noch einen flüchtigen Blick zum anderen Ufer hinüber, das nun verlassen dalag, und rannte los, den Waldweg entlang.

Bestimmt war es inzwischen schon nach sechs und er konnte nur hoffen, dass Miss Edison und Emma auf ihn gewartet hatten. Wonach es dann auch aussah, denn schon aus der Ferne erblickte er zwei kleine Lichtpunkte, vermutlich Taschenlampen. »**Bin gleich da!**«, brüllte er. Zwar triefte er immer noch vor Nässe und schlotterte vor Kälte, aber er konnte sich nicht erinnern, sich jemals so gut gefühlt zu haben. Er hatte es geschafft! Er hatte den Preventer! Und er hatte die Gnack-Gang ausgetrickst!

Überglücklich rannte er noch etwas schneller. Erst Emmas erschrockener Ruf »**Pass auf!** Die Mauer!« bremste ihn. Klar, das Haus war ja unsichtbar. Daran hatte er überhaupt nicht mehr gedacht.

»Na endlich«, sagte Miss Edison erleichtert und nahm ihm den **Preventer** aus der Hand. »Kommst du direkt aus dem Schwimmbad?«

Oskar lachte. Es hörte sich sehr merkwürdig an, weil seine Zähne dabei laut klapperten. »Nein, ich musste bloß einen anderen Weg nehmen als sonst.«

Sie nickte und bückte sich. Sorgsam öffnete sie die silbernen Schließen des Lederkoffers, der vor ihr auf dem Boden lag und Oskar schon bei seinem ersten Besuch aufgefallen war. »Ist das der USC?«, fragte er. Dieses Gewirr von Röhren und Kabeln sollte der Unsichtbarkeitsscanner sein? Den hatte er sich ganz anders vorgestellt.

»Enttäuscht?« Miss Edison lachte leise. »Warte ab, du wirst ja sehen.« Beim Schein der Taschenlampe schob sie den Preventer in eine der grauen Röhren und ruckelte ihn vorsichtig hin und her.

Der Kies knirschte, anscheinend trat Emma ungeduldig von einem Fuß auf den anderen. »Tante Millie, kannst du dich etwas beeilen?«, bat sie. »Du musst als Erstes das Haus **scannen**, Oskar braucht nämlich unbedingt ein Handtuch und was Trockenes zum Anziehen. Ich mach uns dann auch gleich einen heißen Tee und …«

Miss Edison nickte zerstreut. »Ja, ja, schon gut. Stör mich jetzt bitte nicht, ich muss exakt arbeiten. Warte mal, das hellblaue Kabel gehört hierher und das rote genau darüber. Ach, zu dumm, dass der Schaltplan auch unsichtbar ist. *Verflixt*, wo ist schon wieder das rote Kabel? … Emma, leuchte mal hierher.«

Eine Weile lang ging das so hin und her. Miss Edison brummelte ärgerlich, auf Englisch, wenn Oskar das richtig verstand. Irgendwie schienen die Anschlüsse nicht zu passen. »Aber es müsste trotzdem funktionieren«, meinte sie schließlich. Sie drückte auf einen roten Knopf, und wie von Geisterhand faltete sich der USC aus dem Koffer heraus, wurde größer und größer, bis schließlich ein blinkendes Ungetüm vor ihnen stand, fast so groß wie Oskar, mit einer Unzahl von Schläuchen und Zahnrädern. An einem der Schläuche entdeckte er etwas, das ihn an einen überdimensionalen Föhn erinnerte, und genau diesen zog Miss Edison jetzt heraus, drückte mit konzentrierter Miene eine gelbe Taste und ein leises Surren war zu hören. »Das hier ist der eigentliche Scanner«, erklärte sie.

»Es tut sich jedenfalls etwas«, flüsterte Emma Oskar zu. »Ist dir sehr kalt?«

»Geht so«, flüsterte er zurück. Was überhaupt nicht stimmte; in Wirklichkeit fror er entsetzlich, aber das hätte er um nichts in der Welt zugegeben. Gespannt stand er da, während der **USC** noch immer leise vor sich hin surrte.

Miss Edison zwinkerte nervös. »Eigentlich sollte er schon längst richtig hochgefahren sein. Was ist da nur wieder los? Könnte es vielleicht sein, dass der Preventer …«

Weiter kam sie nicht, denn das Surren wurde lauter. Emma jubelte auf und auch Miss Edison strahlte, als allmählich die Konturen des Hauses sichtbar wurden. Und dann ging mit einem Mal alles ganz schnell. Wie aus dem Nichts war plötzlich alles wieder genauso wie vor Tagen. Miss Edison schloss die Tür auf. »**Hereinspaziert**«, sagte sie gut gelaunt. »Dann werde ich gleich mal den Kachelofen anheizen. Ich glaube, ich könnte jetzt eine Tasse Tee vertragen.«

»Aber vorher musst du mich scannen!«, rief Emma. »Bitte!«

»Ach du lieber Himmel, Emma, dich habe ich völlig vergessen«, behauptete Miss Edison, aber sie **lachte** dabei. »Das erledigen wir doch auf der Stelle. Du kannst jetzt noch mal schnell in der Nase bohren, das sieht ja keiner, aber dann … Wo bist du überhaupt? Ich brauche deinen genauen Standort.«

»Rechts neben dir, vor der Garderobe«, sagte Emma. »Bitte mach doch endlich.«

»Hast du den Finger aus der Nase genommen?« Miss Edison kicherte, während sie den Scanner wieder hochfuhr. Es surrte, dieses Mal aber nur für ein paar Sekunden, und dann waren auch schon Emmas Umrisse zu sehen und kurz darauf die ganze Emma.

»Hi«, sagte sie und machte einen Schritt auf Oskar zu. »Du guckst so komisch. Stimmt irgendwas nicht mit mir?«

Oskar schüttelte den Kopf. Immer noch starrte er Emma an. Er hatte gar nicht gewusst, wie *hübsch* sie war. Und dass sie fast einen halben Kopf größer war als er. Aber vielleicht war sie ja auch während der Unsichtbarkeit etwas gewachsen.

Miss Edison legte den Arm um sie. »Ich bin so glücklich, dass es dich wieder sichtbar gibt. Und jetzt kümmern wir uns erst einmal um den **pitschnassen** Oskar. Ihm verdanken wir schließlich, dass es gut ausging.«

Schon bald war es im Haus angenehm warm. Emma hatte Tee gekocht und zu dritt saßen sie um den runden Esstisch. Oskar genierte sich ein bisschen. Er trug einen rosafarbenen Jogginganzug von Emma, mit bunten Blümchen und Luftballons auf der Brust, denn seine Sachen hingen im Bad zum Trocknen. Aber wenigstens fror er nicht mehr.

»Ich finde, Oskar sollte jetzt alles erfahren«, sagte Emma plötzlich. »Schließlich hat er uns sehr geholfen.«

Miss Edison, die sich in der Zwischenzeit umgezogen hatte, denn sie trug wieder das lange dunkelgrüne Kleid mit der Brosche, zögerte. »Nun ja, das war ja auch seine Aufgabe«, meinte sie.

Sie schien zu überlegen, kam dann aber wohl zu einem Entschluss. Denn sie bückte sich, holte das Englischbuch aus ihrer Aktentasche und schob es ihm hin. Oskar sah sie **verblüfft** an. Wollte sie jetzt wirklich Unterricht machen?

»Seite 94«, sagte sie.

Er suchte Emmas Blick, doch sie war damit beschäftigt, die Packung mit den Ingwerkeksen zu öffnen, die sie aus der Küche geholt hatte. Achselzuckend schlug er das Englischbuch auf.

»Es ist leider nicht sonderlich gut zu erkennen«, sagte Miss Edison, als sie mit dem Zeigefinger auf die Abbildung tippte, die ein knappes Viertel der Seite einnahm. »Du siehst hier ein Gemälde von Samuel Hetherspoon. Es zeigt eine vornehme Teegesellschaft um 1785 und du wirst gleich den Zusammenhang erkennen. Emma, hol bitte mal die Lupe aus der Tischschublade.«

Oskar beugte sich vor. Er erinnerte sich an diese Abbildung; er hatte nämlich das ganze Englischbuch durchgeblättert, an einem regnerischen Sonntag, als er ein bisschen krank gewesen war und Marlen verlangt hatte, dass er im Bett blieb. Aber was hatte das Bild mit Miss Edison zu tun? Doch dann wurde ihm auch ohne Lupe schlagartig klar, wer bei dieser Teegesellschaft zu sehen war. Die Frauen trugen prächtige Kleider und gepuderte Perücken, aber er erkannte sie trotzdem wieder. »Die waren doch am letzten Freitag alle hier«, sagte er verblüfft.

Miss Edison nickte. »Sehr gut. Du hast ausgesprochen scharfe Augen und ein gutes Erinnerungsvermögen. Wir haben gemeinsam ein wenig **getüftelt**. Aber gleich wirst du noch ein weiteres interessantes Detail entdecken.« Sie nahm Emma die Lupe aus der Hand und hielt sie Oskar hin. »Erkennst du auch, wer an der geöffneten Flügeltür steht? Hier auf der linken Seite? Nun?«

Oskar nahm die Lupe, fuhr die Gestalt ab: einen Jungen, der Schnallenschuhe trug und weiße Strümpfe, eine schwarze Kniebundhose und eine rote Weste. Er hatte kurze dunkelbraune Haare und blickte sehr ernst.

»Nun?«, wiederholte Miss Edison.

Oskar schluckte. »Sieht mir irgendwie ähnlich.«

Sie klappte das Buch zu und lachte. »Das meine ich aber auch. Das bist nämlich *du* auf dem Gemälde. Und deshalb ...«

Während Miss Edison weiterredete, senkte Oskar verlegen den Blick. Die Sache mit der **Unsichtbarkeit** glaubte er ja inzwischen, denn das hatte er mit eigenen Augen gesehen. Aber dass die Frauen neulich tatsächlich dieselben waren wie auf dem Gemälde, das kam ihm schon reichlich **verrückt** vor. Und vor allem, dass er der Junge sein sollte. Das konnte doch nur ein Zufall sein.

»Jetzt will ich dich nicht länger mit alten Geschichten langweilen«, hörte er Miss Edison sagen. »Ich sollte mich lieber schnellstens darum kümmern, dass der **USC** endlich Geld einbringt.« Sie blickte auf ihre Armbanduhr. »In New York ist es jetzt exakt vierzehn Uhr. Also werde ich Mister Fairfield anrufen. Er ist nämlich äußerst interessiert.«

»So ganz kapiere ich das alles nicht«, sagte Oskar, nach-

dem Miss Edison das Zimmer verlassen hatte, um zu telefonieren.

Emma lachte. »Das musst du auch nicht. Die Hauptsache ist doch, dass der USC funktioniert, dass Tante Millie ganz schnell ganz viel Geld macht und dass Lord Sinclair auf keinen Fall Edison Castle kriegt.«

Oskar nickte. »Und dass du wieder sichtbar bist«, sagte er. Ja, das war das Allerwichtigste, aber eine Frage hatte er trotzdem noch. »Was hättet ihr denn gemacht, wenn ich an diesem Tag nicht zufällig aufgetaucht wäre?«

Emma grinste und schob ihm die Ingwerkekse hin. »Das war doch kein Zufall. Nein, Tante Millie hat dich hergelotst. Mit ihrem neuen PFN.«

»PFN? Was ist denn das schon wieder?«

»Das ist ein **Personenfernnavigator**«, erklärte Emma. »Er ist noch nicht ganz ausgereift, hat aber in deinem Fall funktioniert. Tante Millie meinte, du wärst der Einzige, dem sie zutraut, ohne großes Aufsehen den Preventer zu holen. Trotzdem hat Lord Sinclair was vom USC mitgekriegt. Sonst wären er und Pittmaloney schließlich nicht hier aufgetaucht.«

»Aha.« Ein **Personenfernnavigator** also. Für ausgeschlossen hielt er das mittlerweile auch nicht mehr. »Und wie hat Lord Sinclair das jetzt mitgekriegt?«

Emma zuckte mit den Schultern. »Vielleicht spielt ja irgendjemand ein falsches Spiel. Tante Millie glaubt das zwar nicht. Aber wenn du meine Meinung wissen willst …« Sie senkte die Stimme. »Ich habe Tante Jane Zwei im Verdacht.«

»Wie kommst du denn darauf?«

»Keine Ahnung, das ist nur so ein Gefühl.« Sie *kippelte* mit ihrem Stuhl und deutete mit einer Kopfbewegung zum Tisch. »Was hältst du davon, ein bisschen aufzuräumen? Hier sieht es ziemlich chaotisch aus.« Sie blickte zum USC hinüber, den Miss Edison neben die Kommode geschoben hatte, wo er im Stand-by-Modus vor sich hin blinkte. »Willst du mal?«

»Aufräumen mit dem USC? Würde ich **wahnsinnig** gern!«, rief Oskar begeistert. »Aber was sagt deine Tante dazu? Dürfen wir das überhaupt?«

»Na ja, sonst hätte sie den USC wohl nicht einfach so dagelassen. Also, würdest du mal bitte den Tisch abräumen?«

Sie grinste, während sie Oskar den Scanner in die Hand drückte, und Oskar grinste zurück. Obwohl er doch etwas unsicher war. Sollte er wirklich …? Aber weil Emma ihn so erwartungsvoll anschaute, drückte er die Taste und das Gerät fuhr leise surrend hoch. Das Geräusch wurde

lauter und in Sekundenschnelle waren Tassen, Untertassen, Teekanne, Sahnekännchen und die Zuckerdose verschwunden. Selten hatte es Oskar so viel Spaß gemacht, den Tisch abzuräumen. »Den Teller mit den Keksen auch?«, fragte er.

Emma schüttelte den Kopf. »Nein, die Kekse wollen wir ja noch essen. Soll ich dir mal was verraten? Du bist ein echtes Aufräumgenie. Aber jetzt bin ich dran. Das Zeug auf dem Sofa muss unbedingt auch verschwinden.«

Die beiden scannten und scannten und weil Oskar irgendwann fragte, ob der Scanner auch ganz bestimmt alle Gegenstände wieder sichtbar machen würde, scannten sie alles zurück. Um es kurz darauf erneut verschwinden zu lassen.

»Ich finde, das Zimmer sieht extrem aufgeräumt aus«, meinte Emma zufrieden und knabberte an einem Keks herum. »Wie wär's, wenn wir demnächst unsichtbar in die Schule gehen? Eh, willst du mal kurz unsichtbar sein?« Ohne Oskars Antwort abzuwarten, richtete sie den Scanner auf ihn. »Na?«, fragte sie. »Wie ist es?«

»Was?«

»Na, unsichtbar zu sein.«

»Bin ich denn schon?«

Emma lachte. »Und wie! Schau dich doch mal an.«

»Stimmt. Nichts mehr zu sehen. Aber ich fühl mich eigentlich wie immer«, stellte er fest. »Bist du ganz sicher? Kann man mich wirklich nicht mehr sehen?«

»Jetzt glaub's mir doch endlich. Da ist absolut nichts mehr. Warte, ich **scanne** dich gleich wieder zurück. Du musst mir nur einen Tipp geben, wo du gerade stehst.«

Statt einer Antwort nahm er einen Keks vom Teller und Emma richtete den USC in diese Richtung. Wieder ertönte das Surren, dieses Mal allerdings mit kurzen Aussetzern. Was beunruhigend war, wie Oskar fand. Auch Emma wurde plötzlich nervös; hektisch drückte sie auf sämtlichen Schaltknöpfen herum. Doch alles, was passierte, war, dass das Surren leiser und leiser wurde, bis es schließlich ganz verstummte.

»Kurz mal ausschalten und dann wieder an«, schlug Oskar vor.

Gunnar schwor auf diese Methode. Damit würde er sämtliche Computerprobleme in den Griff bekommen, behauptete er immer. Und Gunnars Computer hatte jede Menge Probleme.

Emma schaltete aus und nach zehn Sekunden, die sie gemeinsam herunterzählten, wieder an. Und tatsächlich schien sich der USC in dieser kurzen Zeit erholt zu haben. Sein Surren hörte sich nun normal an und nach wenigen Augenblicken schon wurden Oskars Socken sichtbar. Genau genommen waren es Emmas Socken, rot-weiß-geringelte Plüschsocken, sie hatte sie ihm ausgeliehen.

»Na also, geht doch!«, rief sie. »Danke für den heißen Tipp.«

Sie scannte weiter. Der USC surrte vor sich hin – keine einzige Unterbrechung mehr –, aber nichts geschah. Oskar wurde und wurde nicht sichtbar.

»Mist!«, rief Emma ärgerlich. »Bei mir war es genauso.«

17. Kapitel

»Lieb von dir, Emma, dass du so schön aufgeräumt hast«, sagte Miss Edison, als sie wenige Minuten später das Zimmer wieder betrat.

Sie sah gestresst aus, denn das Telefonat mit Mister Fairfield war alles andere als erfreulich gewesen. Selbstverständlich habe er weiterhin Interesse an ihrem USC, hatte er versichert, aber der Kaufpreis sei gewaltig überzogen. Falls sie wirklich mit ihm ins Geschäft kommen wolle, müsse sie den USC um einiges billiger anbieten.

Miss Edison setzte sich an den Tisch. »Oskar ist inzwischen gegangen?«, erkundigte sie sich.

»Ehm … nicht ganz«, murmelte Emma. Sie stand mitten im Raum und wickelte sich unschlüssig eine Haarsträhne um den Zeigefinger. »Ja, nicht ganz, würde ich sagen.«

Miss Edison, die gerade den letzten Ingwerkeks nehmen wollte, blickte auf. »Nicht ganz? Was soll denn das schon wieder heißen? Entweder ist jemand gegangen oder er ist nicht gegangen. Das ist nichts anderes als Logik. Das müsstest du eigentlich wissen … Ach du lieber Himmel!« Sie starrte auf das Paar Socken, das vor dem Sofa stand. »Bist du das, Oskar?«

»Ja«, kam es *kleinlaut* zurück. »Es tut mir leid, ich wollte nur …«

Wäre Oskar nicht unsichtbar gewesen, hätte er es sich in diesem Moment bestimmt gewünscht. Denn natürlich würde Miss Edison wütend werden. Ohrfeigen wie manchmal bei Gunnar gab es bei ihr sicher nicht. Aber ihm reichte es schon, wenn sie schimpfen würde.

Emma stellte sich neben die Socken. Immer noch zwirbelte sie an ihren Haaren herum. »Tante Millie, es war ganz allein meine Schuld. Ich habe aufgeräumt und dabei Oskar versehentlich auch gescannt. Blöd ist nur, dass der USC auf einmal nicht mehr funktioniert. Kannst du bitte gleich nachschauen, was los ist?«

»Der USC funktioniert nicht? Das kann ich mir nicht vorstellen. Vorhin hat er doch **völlig** einwandfrei gearbeitet.« Miss Edison schob mit einer energischen Handbewegung ihre Brille hoch, die ihr wieder einmal bis auf die Nasenspitze gerutscht war, und griff nach dem Scanner. Kaum hatte sie den Knopf gedrückt, surrte er auch schon los. »Also bitte«, sagte sie zufrieden und richtete ihn dorthin, wo die Socken standen. »Meine liebe Emma, ich weiß gar nicht, was du hast.«

Doch außer diesem monotonen Surren tat sich wieder nichts.

»Vielleicht sollte man besser die Socken wegscannen«, überlegte Miss Edison laut. »Womöglich irritiert es das Gerät, dass Oskar nicht komplett unsichtbar ist. Ich könnte mir vorstellen …«

Ein jaulender Alarmton ließ die drei zusammenfahren. Am Scanner blinkte ein rotes Lämpchen auf und dann schaltete er sich endgültig ab.

»Wenigstens hat der Überhitzungsschutz reagiert«, meinte Miss Edison. »Das ist schon mal ein ermutigendes Zeichen.«

Doch alle ihre Versuche, den USC wieder zum Laufen zu bringen, waren vergeblich.

Schließlich ließ sie sich in den Lehnstuhl sinken und holte tief Luft. »Bestimmt ist es besser, den USC nochmals komplett durchzuchecken, bevor ich ein Produkt auf den Markt bringe, das nicht hundertprozentig funktioniert. Wie ich Fairfield einschätze, würde er mich garantiert verklagen, und das wäre dann erst richtig unangenehm. Das heißt also, ich muss ein wenig nachbessern am USC.« Sie seufzte. »Das bedeutet noch ein schönes

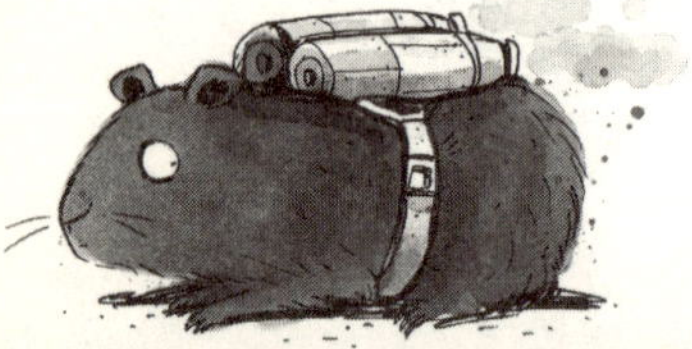

Stück Arbeit. Ich fürchte, heute Abend werde ich damit nicht fertig.«

»Und was ist mit Oskar?«, fragte Emma.

Miss Edison hob bedauernd die Hände. »Das war so nicht geplant und ist mir natürlich sehr unangenehm. Ich fürchte, Oskar bleibt erst mal für eine kleine Weile **unsichtbar**. Selbstverständlich werde ich mit Hochdruck an der Behebung des Problems arbeiten. Übrigens«, fügte sie hinzu, denn es war ihr gerade eben eingefallen, »im Test hat er eine glatte Eins geschrieben. Das ist doch was. Kompliment! Das hätte ich nicht erwartet.«

Emma stieß ihren Ellenbogen in die Richtung, in der sie Oskar vermutete. »**Eh**, hast du gehört? Eine Eins im Test. Freust du dich?«

»Und wie«, murmelte er. Es klang nicht sonderlich begeistert. Er hatte zwar noch nie eine glatte Eins gehabt, aber genau genommen war es ja nicht *seine* Eins, sondern die von Emma. Außerdem gab es gerade ganz andere Dinge, die ihn beschäftigten, sein momentaner Zustand nämlich. »Ich weiß bloß nicht, was meine Mutter davon hält, dass ich **unsichtbar** bin.«

»Na ja, dazu musst du erst mal wieder zu Hause sein«, meinte Miss Edison. »Da hätte ich etwas ganz Besonderes für dich, als Entschädigung für dieses kleine Missgeschick

sozusagen. Was hältst du davon, wenn ich dich nach Hause fliege? Mit meinem neuen **Flucopter**. Übrigens auch eine Erfindung von mir.«

Emma verzog entsetzt das Gesicht.

Miss Edison lachte. »Emma, jetzt schau nicht so! Der Flucopter ist inzwischen absolut sicher. Die Landung neulich im Gemüsebeet war ausschließlich mein Fehler und hat nichts mit der Konstruktion zu tun. Aber ich habe daraus gelernt. Ich war die letzten Tage nicht untätig. Ich habe nicht nur meinen Unterricht vorbereitet, sondern auch gleich noch den Flucopter optimiert.«

»Aber Tante Millie, denk daran, es gibt ein Nachtflugverbot. Du darfst um diese Uhrzeit gar nicht mehr **fliegen**!«, rief Emma.

»Ach was. Er ist inzwischen so leise wie ein schnurrendes Kätzchen. Los, Oskar. Du wirst begeistert sein.« Sie war aufgestanden und winkte in seine Richtung. »Wenn du willst, machen wir einen kleinen Rundflug über die nächtliche Stadt. Emma kann leider nicht mit. Die Kapsel ist lediglich für zwei Leute ausgelegt.«

»Hört sich gut an«, sagte Oskar. »Aber mir wird immer ziemlich schlecht beim Fliegen.«

Das sagte er hauptsächlich, weil Emma ihm immer noch **aufgeregt** Zeichen machte, und es stimmte auch nur so ungefähr. Oskar war erst ein Mal geflogen, nach Mallorca nämlich, als Marlen bei ihrem Lieblingsradiosender einen Reisegutschein für zwei Personen gewonnen hatte. Und ihm war lediglich schlecht geworden, weil am Abend vor dem Abflug das Kühlfach seinen Geist aufgab und er vierundzwanzig Fischstäbchen und zwei Familienpackungen Schokoladeneis gegessen hatte.

»Dir wird schlecht? So **richtig** schlecht?«, erkundigte sich Miss Edison besorgt.

Hinter ihrem Rücken nickte Emma heftig.

»Ja, richtig schlecht«, bekräftigte Oskar.

Miss Edison runzelte die Stirn. »Dann ist der Flucopter eher nichts für dich. Er beschleunigt enorm schnell und Spucktüten gibt es nicht an Bord. Die werde ich aber sofort auf die Einkaufsliste setzen. Na ja, aufgeschoben ist nicht aufgehoben. Ich fürchte, heute musst du noch mal nach Hause laufen.«

Emma atmete aus. »**Uff!**«, machte sie. Es hörte sich sehr erleichtert an. »Ich kann dir meine Taschenlampe leihen. Es ist nämlich stockdunkel draußen.« Sie sah sich suchend im Zimmer um. »Wo habe ich sie nur gelassen? Haben wir sie vielleicht auch gescannt? So ein Mist!«

»Meine müsste irgendwo im Flur liegen«, meinte Miss Edison, die sich inzwischen wieder mit dem USC beschäftigte. Sie hatte den **Preventer** entfernt und war gerade dabei, alle Kabel herauszuziehen.

»Okay, dann kriegst du eben die Taschenlampe von Tante Millie«, sagte Emma. »Ich schau mal, ob ich sie finde.«

Sie verschwand im Flur und es dauerte eine Weile, bis sie zurückkam. In der Hand hielt sie allerdings keine Taschenlampe, sondern einen hellblauen Briefumschlag. »Aus England«, sagte sie und **wedelte** damit herum. »War unter die Zeitungen gerutscht.«

»Von Jane Eins?« Miss Edison griff nach dem Umschlag und riss ihn auf. »Sehr merkwürdig. Normalerweise schreibt sie doch nur zum Geburtstag und zu Weihnachten. Und bis Weihnachten ist es schließlich noch ein gutes Stück.«

Kopfschüttelnd las sie den Brief und sie schüttelte den Kopf auch dann noch, als sie den Brief längst hatte sinken lassen.

»Tante Millie, was ist los?«, fragte Emma. »Ist irgendwas passiert?«

So blass hatte Oskar Miss Edison noch nie gesehen. Noch nicht einmal, als Tobias Gnack vor den Ferien seine Vogelspinne mit in die Schule gebracht und vergessen hatte, die Käfigtür zu verschließen. Miss Edison war kreidebleich am Pult gesessen, während die Spinne auf sie zugekrabbelt war. Doch im Vergleich zu jetzt war ihre Blässe an jenem Freitagmorgen überhaupt nichts gewesen.

»Tante Millie, sag doch endlich etwas!«, rief Emma und griff nach ihrer Hand.

»Jane schreibt, dass am Dienstag die Auktion stattfindet«, sagte Miss Edison mit tonloser Stimme. »Und Dienstag ist ja schon morgen. Bis dahin ist der USC hundertprozentig nicht verkauft. Damit ist Edison Castle wohl endgültig verloren. Alles war umsonst.«

Oskar kam es vor, als würde ihr das Sprechen schwerfallen. Sie stockte und er sah, wie ihr die Tränen über die Wangen liefen.

18. Kapitel

Wieder einmal **joggte** Oskar durch die Nacht, dieses Mal allerdings gemächlich. Denn so vieles ging ihm durch den Kopf. Vor zwei Stunden noch hatte alles gut ausgesehen. Doch dann war von einem Moment auf den anderen alles anders geworden. Der USC, der plötzlich seinen Geist aufgegeben hatte. Der Brief, der die Versteigerung von **Edison Castle** ankündigte. Miss Edisons Verzweiflung. Emma, die nicht mehr wusste, wie sie ihre Tante noch trösten sollte. Und nicht zuletzt die Frage, die ihn immer mehr beschäftigte, je näher er dem Hochhaus in der Ankerstraße kam: Wie sollte er bloß Marlen und Gunnar erklären, dass von ihm nur noch die Füße zu sehen waren?

Aber anscheinend hatte er Glück, zumindest fürs Erste. Denn kaum hatte er mit angehaltenem Atem die Wohnungstür aufgeschlossen, fiel sein Blick auf den Garderobenspiegel. Dort klebte ein **knallroter** Zettel.

Lieber Oskar,
der Bruder von Frau Racletti hat uns und Batman eingeladen.
Will uns die Fotos zeigen. Vielleicht kommt Batman sogar in ein Hundebuch!!!
Könnte noch ein richtiger Star werden.
Im Kühlschrank ist noch Auflauf.
Der Kräutertee ist auch für dich.
Gute Nacht! Vergiss nicht, den Wecker zu stellen.
Mama

Ohne einen weiteren Blick in den Spiegel zu werfen – da war ohnehin nichts zu sehen –, marschierte Oskar zuerst in die Küche, pflückte eine Handvoll Basilikum und ging dann in sein Zimmer, wo Annabelle in ihrem Käfig rumorte. In der letzten Zeit hatte er sie etwas vernachlässigt, aber das würde sich jetzt ändern. Oskar beugte sich über sie, strich ihr übers Fell und hielt ihr die Basilikumblätter hin. »Du musst nicht erschrecken«, flüsterte er. »Es ist nichts Schlimmes. Ich bin bloß **unsichtbar**.«

Natürlich war ihm klar, dass Annabelles Reaktion – nämlich keine – eine Ausnahme war. Marlen würde ihn umgehend zum Arzt schleppen und Gunnar würde toben und ihm befehlen, gefälligst mit diesem Quatsch aufzuhören. Als ob das so einfach wäre!

Oskar setzte sich aufs Bett und starrte eine Weile lang Löcher in die Luft. Nichts war zu hören außer dem leisen **Schmatzen** aus dem Käfig, wo Annabelle immer noch mit dem Basilikum beschäftigt war. Was, wenn es Miss Edison nicht gelingen würde, den USC zu reparieren? Doch diesen Gedanken wollte er lieber erst gar nicht zu Ende denken. Sie hatte ihm versprochen, alles zu tun, damit er bald wieder sichtbar würde. Edison Castle kann ich nicht retten, hatte sie gesagt, aber für dich wird es ein gutes Ende nehmen. Vorausgesetzt, sie bekam den USC wieder hin.

Der **Preventer** fiel Oskar ein und Marlen, wie sie sich vor Tagen darüber beklagt hatte, dass die Reparatur der Waschmaschine nur so teuer war, weil man Originalersatzteile verwenden musste. Vielleicht war es ja beim USC genauso? Könnte es also sein, dass der alte Preventer von Miss Edison doch noch nützlich war? Oskar **hechtete** zum Schrank und riss die Türen auf. Er erstarrte. Wo am Morgen noch ein unbeschreibliches Chaos geherrscht hatte, lagen nun seine T-Shirts nach Farben geordnet. Ebenso seine Pullover, Hosen, sogar die Schlafanzüge waren ordentlich zusammengelegt. Hier hatte jemand gewaltig aufgeräumt, und das war bestimmt nicht der USC gewesen.

Mit klopfendem Herzen zog er die Schubladen heraus. Dass der **Preventer** nicht mehr zwischen den Socken lag, sah er mit einem Blick. Eine Zeit lang wühlte er zwar noch herum, aber es war vergeblich. Und leider war er selbst daran schuld. Denn seit Wochen schon predigte Marlen mindestens einmal am Tag, dass er endlich aufräumen solle. Immer wieder hatte sie gedroht, sonst würde sie sich darum kümmern und dann würde aber so einiges rausfliegen. Womit er nicht gerechnet hatte: dass sie es tatsächlich wahr machen würde. Hatte sie aber! Auch seine Comics waren verschwunden und die kaputten Laufschuhe, in denen er zum ersten Mal den Stadtlauf gewonnen hatte, und eine Schachtel mit Stiften und Kleinkram. Was alles zu verschmerzen war. Wenn nur der Preventer noch da wäre! Hatte Marlen ihn einfach mit den anderen Sachen entsorgt? Oder Gunnar gegeben?

Mit einem Mal fühlte sich Oskar kraftlos und sehr müde. Wo sollte er den **Preventer** überhaupt suchen? Im Müll, der schon längst im großen Container vor dem Haus liegen konnte? In Gunnars Schrank im Schlafzimmer, der aber, soweit er wusste, immer abgeschlossen war?

Ich kümmere mich morgen darum, dachte er und *gähnte* laut. Als er das Licht löschte, fiel ihm ein, dass er nicht einmal die Zähne geputzt hatte. Und seinen Schlafanzug

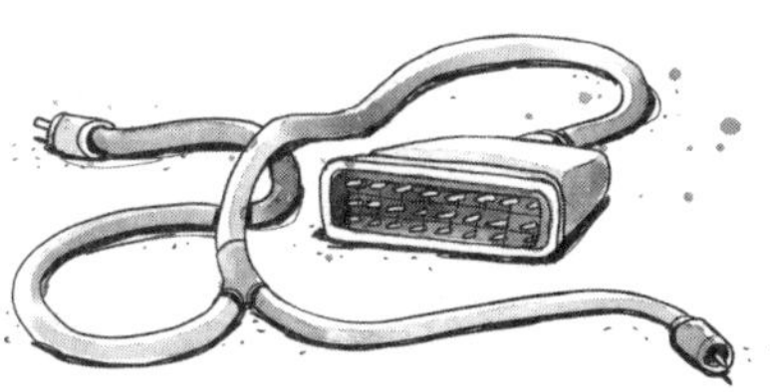

hatte er auch nicht angezogen. Aber das war in seinem jetzigen Zustand auch nicht weiter wichtig. Er hoffte bloß, dass Marlen ihm nicht noch einen Gute-Nacht-Kuss geben wollte.

Aber vielleicht würde ja über Nacht ein Wunder geschehen.

Wonach es allerdings am nächsten Morgen nicht im Geringsten aussah. Denn Oskars Zustand war immer noch derselbe: Er war unsichtbar – wenn man von seinen Füßen mal absah. Schon seit halb sechs war er wach und ausschließlich damit beschäftigt zu überlegen, was genau er Marlen und Gunnar sagen würde. Damit Marlens Schock nicht ganz so groß sein würde, hatte er die Birne der Deckenlampe und auch der Nachttischlampe herausgedreht und sich inzwischen ein paar Sätze zurechtgelegt, die er

so einigermaßen brauchbar fand. Marlen, du musst jetzt nicht erschrecken, würde er sagen, das ist ganz harmlos. Bei einem kleinen naturwissenschaftlichen Experiment ging leider etwas schief. Ich werde für eine Weile unsichtbar sein, aber das ist keine Katastrophe. Ansonsten ist alles normal bei mir.

Miss Edison würde er besser nicht erwähnen; Marlen hatte nämlich nach dem Elternabend behauptet, irgendetwas komme ihr sonderbar vor an der neuen Englischlehrerin. Womit sie vermutlich gar nicht so unrecht hatte. Oskar seufzte leise. Gerade überlegte er, ob er vielleicht einen Zettel als Vorwarnung an seine Zimmertür hängen sollte, als er schnelle Schritte auf dem Flur hörte. Erschrocken wollte er sich die Decke über den Kopf ziehen, aber das war natürlich komplett überflüssig und deshalb blieb er reglos liegen. Die Tür ging auf.

»Oskar, aufstehen«, hörte er Marlen flüstern. Sie tastete nach dem Lichtschalter »Was ist denn? Ist die Birne schon wieder kaputt? Na, ist jetzt auch egal. Du, ich hab verschlafen. Ich bin schon so gut wie weg.«

»Ich muss heute erst zur zweiten Stunde«, sagte Oskar. »Aber ich wollte sowieso gerade aufstehen.«

»Mach's gut. Tschüssi«, flüsterte Marlen, die eindeutig in Eile war.

Die Tür ging leise wieder zu und Oskar atmete auf. Fast eine Viertelstunde wartete er, denn er wollte sicher sein, dass Marlen auch wirklich gegangen war. Auf Zehenspitzen **tappten** dann zwei Füße in grauen Wollsocken (Oskar hatte sich frische Socken angezogen) den Gang entlang und wichen Batman aus, der sich einen Schlafplatz direkt vor dem Wohnzimmer ausgesucht hatte und nur müde aufschaute.

»Na du Star«, flüsterte Oskar, ging neben ihm in die Hocke und kraulte ihn am Kinn, weil er wusste, dass Batman das gern mochte. »Was hältst du davon, dass ich unsichtbar bin?«

Anstelle einer Antwort *gähnte* Batman unbeeindruckt. Er wollte eindeutig nicht gestört werden. Oskar gähnte ebenfalls. Am liebsten hätte er sich gleich wieder ins Bett gelegt, denn er hatte auch in dieser Nacht nicht sehr viel geschlafen. Aber zuerst musste er noch in die Küche und etwas essen, bevor Gunnar aufwachte. Und er würde ein paar Vorräte mit in sein Zimmer nehmen, denn er spielte mit dem Gedanken, sich einzuschließen. Eventuell würde er heftige Kopfschmerzen vortäuschen. Er erinnerte sich nämlich daran, dass Marlen dann immer im verdunkelten Schlafzimmer lag und keine Menschenseele sehen wollte. Damit wäre wenigstens der heutige Tag gewonnen und

wer weiß, vielleicht schaffte es Miss Edison ja inzwischen, den USC zum Laufen zu bringen.

Oskar tappte in die Küche. Im Kühlschrank entdeckte er den Nudelauflauf, der sehr lecker aussah; allerdings traute er sich nicht, die Mikrowelle anzustellen. Zwar hatte Gunnar einen ziemlich tiefen Schlaf – manchmal hörte man sein Schnarchen bis in den Flur –, aber es war besser, vorsichtig zu sein. Oskar stellte den Auflauf zurück und öffnete Millimeter um Millimeter den Vorratsschrank, mit angehaltenem Atem, denn die Tür **quietschte** entsetzlich. Schon seit Wochen beklagte sich Marlen, dieses Geräusch treibe sie noch in den Wahnsinn.

Immer wieder lauschte Oskar, ob Gunnar jetzt vielleicht aufgewacht war, aber alles blieb ruhig. Und endlich hatte er es geschafft. Hastig nahm er zwei Tafeln Schokolade, eine Tüte Paprikachips und ein Glas Essiggurken heraus, schloss die Tür wieder genauso vorsichtig und holte gerade eine Flasche Wasser aus dem Kühlschrank, als im Bad die Toilettenspülung rauschte. Das konnte nur Gunnar sein. Aber warum so früh? Sonst stand er doch immer erst viel später auf.

Eine Weile lang blieb es ruhig. Wo war Gunnar jetzt? Hatte er sich wieder ins Bett gelegt? Vorsichtig **spähte** Oskar in den Flur. Niemand war zu sehen außer Batman, der anscheinend träumte, denn er zuckte im Schlaf. Dass er gleich darauf unsanft geweckt wurde, lag an Gunnar, der auf einmal aus dem Wohnzimmer kam und heftig nieste. Er hörte gar nicht mehr auf damit. Aber nicht das war der Grund, weshalb Oskar ihn wie gebannt anstarrte. Gunnar hatte den Preventer in der Hand. Und er steuerte direkt auf die Küche zu.

Zum ersten Mal fand Oskar es sehr praktisch, unsichtbar zu sein. Er setzte sich auf die Eckbank, wo er seine Füße unter dem Tisch verstecken konnte, und stellte die Wasserflasche neben sich auf den Boden. Gunnar, immer noch den Preventer in der Hand, schlurfte herein. Dabei pfiff er sehr laut und ziemlich falsch vor sich hin.

Das Telefon klingelte. Gunnar brauchte einen Moment, bis er es zwischen Marlens Kräutertöpfen auf der Fensterbank entdeckte. Er legte den Preventer auf den Tisch, nahm ab und stellte gleichzeitig die Kaffeemaschine an. »Hallo Schatz«, sagte er, »gut, dass du anrufst. Wir müssen über einiges reden.« Sein Blick fiel auf Oskars Vorräte und während er mit Marlen telefonierte, räumte er kopfschüttelnd alles wieder in den Schrank zurück.

Oskar verzog das Gesicht. Er hoffte nur, sein Magen würde nicht allzu laut knurren. Außerdem kribbelte sein linkes Bein, es war eingeschlafen und er streckte es aus.

An die Wasserflasche auf dem Boden dachte er in diesem Moment nicht.

19. Kapitel

Das Problem war nicht unbedingt die Glasflasche, die mit einem **Klirren** auf dem Fliesenboden landete. Sie war sogar heil geblieben, es bildete sich lediglich eine kleine Pfütze, denn der Verschluss war nicht ganz zugedreht. Nein, das Problem waren die beiden grauen Socken, die jetzt ungefähr zehn Zentimeter über der Wasserflasche schwebten – Oskar hatte erschrocken die Beine angezogen – und denen sich Gunnar mit offenem Mund und **schreckgeweiteten** Augen näherte. Das Telefon hielt er immer noch in der Hand und Marlens Stimme war zu hören. »Was ist los? Bist du noch dran?«

»Alles in Ordnung«, murmelte er, um gleich darauf hysterisch zu lachen. »Ach was, nichts ist in Ordnung. Ich brauche sofort einen Termin beim Arzt. Ich sehe nämlich graue Socken. Sie schweben.«

Argwöhnisch tippte er mit dem Zeigefinger die Socken an und musste fassungslos mit ansehen, wie diese zurückwichen und eilig zur Tür liefen. Gunnar war so entgeistert, dass er nicht einmal bemerkte, wie gleichzeitig der **Preventer** die Küche verließ.

»Mach was«, krächzte er ins Telefon. »Die grauen Socken laufen gerade aus der Küche und …« Er brach ab.

»Du hast bestimmt nur schlecht geträumt, Gunnar«, sagte Marlen. »Trink doch erst mal einen starken Kaffee!«

Aber er reagierte nicht mehr, egal wie oft sie ihn auch anflehte, doch endlich zu antworten.

Schließlich rief sie bei der Polizei an und bat darum, sofort einen Streifenwagen in die Ankerstraße zu schicken. Dann verließ sie **Hals über Kopf** ihren Arbeitsplatz in der Zahnarztpraxis von Frau Doktor Wolkenstein, wo an diesem Dienstagvormittag ohnehin wenig los war.

Zwar hatte Oskar jetzt den Preventer, aber vermutlich auch eine Menge neuer Probleme. Eines davon hieß Maik **Ruckleitner**, war Polizeihauptmeister und versuchte zusammen mit seiner jungen Kollegin Carolin Reibel den völlig aufgelösten Gunnar zu beruhigen. Die drei standen in der Küche, wo Gunnar immer wieder auf die Stelle unter dem Küchentisch deutete, wo aber nur noch die umgekippte Wasserflasche und eine kleine Pfütze zu sehen waren.

»Socken!«, rief er. »Hellgraue Wollsocken! Können Sie sich das vorstellen?« Er packte den Polizisten am Arm. »Unternehmen Sie was! Durchsuchen Sie die Wohnung! Die Socken müssen noch irgendwo sein!«

»Der Typ hat sie doch nicht alle«, flüsterte Maik Ruckleitner seiner Kollegin zu, die damit beschäftigt war, den »Tatort« – so nannte sie es – genauso zu fotografieren, wie sie es in der Ausbildung gelernt hatte.

»Bitte«, flehte Gunnar. »Durchsuchen Sie endlich die Wohnung.«

Eigentlich hatte Maik Ruckleitner Wichtigeres zu tun, aber weil Carolin Reibel nickte, knurrte er schließlich: »Ausnahmsweise.«

In diesem Moment wurde die Wohnungstür aufgeschlossen. »Gunnar?«, rief Marlen und stürmte in die Küche. »Gunnar? Was ist passiert?«

Oskar stand reglos an der Garderobe. Seine Füße **verschwanden** vollständig hinter Gunnars riesigen Gummistiefeln, aber es war nur eine Frage von Minuten, bis man ihn entdecken würde. Es war also allerhöchste Zeit für ihn zu verschwinden. Er griff nach seinen Sportschuhen und öffnete gerade die Wohnungstür, als Carolin Reibel in den Flur trat, denn sie wollte sich in der Wohnung umschauen. Ihr **Schrei** war so durchdringend, dass Marlen, die soeben eine Beruhigungstablette für Gunnar auflöste, vor Schreck das Wasserglas aus der Hand fiel und auf dem Boden in tausend Stücke zersprang.

»**Die grauen Socken!**«, kreischte Carolin Reibel. »Da sind sie!«

Das Letzte, was Oskar hörte, bevor er die Tür hinter sich zuzog, war die Stimme des Polizeihauptmeisters, der zum Handy griff und Verstärkung anforderte.

Unschlüssig ging Oskar durch das Treppenhaus nach unten. Wenigstens war er hier einigermaßen sicher, denn außer Frau Racletti und dem verrückten Typ aus dem siebten Stock, der manchmal frühmorgens für den Treppenmarathon in New York trainierte, war hier nur selten jemand unterwegs.

Im ersten Stock setzte er sich auf den Treppenabsatz und zog sich die Schuhe an. Er überlegte noch immer, denn er brauchte dringend einen Plan. Einerseits war alles noch etwas komplizierter geworden, aber andererseits hatte er jetzt den Preventer. Er *lauschte*. Täuschte er sich oder waren tatsächlich Stimmen im Treppenhaus zu hören? Und Hundegebell? Er sprang auf. Solange die Polizei im Haus war, konnte er keinesfalls hierbleiben.

Allerdings war das Risiko auf der Straße ebenfalls sehr hoch. Es war ein unfreundlicher Tag, es war neblig und kühl und nieselte leicht. Vermutlich ging bei diesem Wetter keine Menschenseele freiwillig nach draußen. Trotzdem waren immer noch genügend Leute unterwegs, denen ein Paar schwarzer Sportschuhe auffallen konnte, die wie von selbst herumspazierten. Und dann war da noch der Preventer, der etwa einen Meter über dem Boden *schwebte* und ebenfalls Aufmerksamkeit erregen würde. Doch Oskar hatte keine andere Wahl. Er musste es riskieren. Er musste so schnell wie möglich Miss Edison und Emma treffen, die um diese Uhrzeit – es war kurz vor halb zehn – vermutlich in der Schule waren. Oskar machte sich auf den Weg.

Vor vielen Jahren hatte tatsächlich eine Birkenallee zur Birkenfeldschule geführt und dahinter hatten sich weite Felder erstreckt. Oskar wusste das von Opa Max, der bei Geburtstagen gern von seiner Schulzeit erzählte. Längst waren die Bäume einer stark befahrenen Straße gewichen und die meisten Felder zu begehrten Bauplätzen geworden. Einige Felder allerdings gab es immer noch, manche davon waren *verwildert* und nicht wenige Anwohner beklagten sich über diese Schandflecken, wie sie es nannten.

Für Oskar jedoch bedeuteten sie die Rettung. Ohne auf-

zufallen hatte er die Ankerstraße hinter sich gelassen und die Bachlerstraße überquert und war ein Stück weit mit einer Gruppe Architekturstudenten mitgelaufen, die sich ausschließlich für unterschiedliche Dachformen interessierten und nicht für das, was sich am Boden abspielte. Dann allerdings war ein Lkw-Fahrer an einer roten Ampel auf die Sportschuhe aufmerksam geworden und hatte wild gehupt und gestikuliert. Spätestens jetzt war Oskar klar geworden, er musste schleunigst einen anderen Weg nehmen. Deshalb stapfte er nun über die Felder, streifte durch hohes Gras und kämpfte sich durchs Gebüsch. Dann endlich hatte er die Birkenfeldschule erreicht.

Der Pausenhof lag verlassen, als er sich auf dem Rasenstück niederließ, das an den Fahrradständer grenzte. Hier war seit Wochen eine Installation der Klasse 10c ausgestellt, ein Kunstwerk aus Regenschirmen, Luftballons und ineinander verschachtelten Stühlen. Daneben fiel das Paar schwarzer Sportschuhe nicht weiter auf.

Von hier aus hatte Oskar den Eingang im Blick. Irgendwie musste es ihm gelingen, Emma in der großen Pause auf sich aufmerksam zu machen. Vielleicht hatte ja auch Miss Edison Hofaufsicht, irgendwas würde ihm dann schon einfallen. Doch jetzt hieß es erst einmal warten.

Er beobachtete, wie der neue Hausmeister, dessen Na-

men er sich nicht merken konnte, mit einem **Laubbläser** einmal quer über den Schulhof ging. Er beobachtete, wie Herr Haberbosch, den sie nur den Haberfrosch nannten, auf dem Lehrerparkplatz gegenüber einzuparken versuchte, dann aber aufgab und seinen Jeep im Halteverbot abstellte. Aus dem Musiksaal im ersten Stock klang Klaviergeklimper, jemand spielte eine Tonleiter, dann ein Lied, das Oskar bekannt vorkam, und er summte leise mit.

Entsetzlich langsam verging die Zeit, ihm war kalt und er wünschte sich nichts sehnlicher, als endlich wieder sichtbar zu sein.

Endlich läutete es zur großen Pause. Die Eingangstür ging auf und die ersten Schüler stürmten heraus – bei diesem Wetter vielleicht nicht ganz freiwillig –, aber in dieser Hinsicht kannten die Lehrer der Birkenfeldschule keine Gnade. Wer in der großen Pause nicht ins Freie ging, bekam Ärger.

Oskar kniff die Augen zusammen, um besser sehen zu können. Denn mittlerweile wimmelte es auf dem Schulhof und einen Moment lang wurde ihm fast schlecht bei dem Gedanken, dass er in diesem Durcheinander Emma oder Miss Edison finden musste. Er entdeckte einige aus seiner Klasse: Nick, die Ohren zugestöpselt, spazierte vorbei, mit Dimitri im Schlepptau und Janine, die zum Zirkus Belly gehörte und nur alle paar Monate am Unterricht teilnahm. Von Emma war weit und breit nichts zu sehen. Und auf Miss Edison brauchte er erst gar nicht zu warten, denn ihm war eingefallen, dass sie immer dienstags ihren freien Tag hatte. Jedenfalls machte der Haberfrosch Hofaufsicht. Er stand am Fuß der Treppe, hielt wie üblich einen großen Becher Kaffee in der Hand und passte auf, dass niemand vor dem Läuten das Schulgebäude betrat.

Oskar reckte sich. Sein Rücken **schmerzte** und er überlegte gerade, ob er nachher vielleicht eine Runde über die Felder joggen sollte, als er die Gnack-Gang entdeckte, die direkt auf ihn zukam. Er musste grinsen. Wenn die wüssten, dachte er und streckte ihnen die Zunge heraus.

»Du tickst wohl nicht mehr richtig, Hosenpisser!«, rief Tobias wütend. »Und warum sitzt du bei dem Kunstscheiß rum und bist nicht im Unterricht?«

Oskar sprang wie elektrisiert auf. »Du kannst mich sehen? Ehrlich? Du siehst mich?«

Tobias starrte ihn verständnislos an. »Verarschen kann ich mich selbst. Du bist doch einfach nur bescheuert«, sagte er und machte mit der Hand ein paar Wischbewegungen vor seinem Gesicht. Mehr getraute er sich nicht, denn der Haberfrosch schaute bereits herüber.

Aber das registrierte Oskar nicht. »Du kannst mich wirklich sehen?«, wiederholte er. Vor Freude hätte er jubeln können. Endlich! Er war wieder sichtbar! Er sprintete los und hätte fast den sehr überraschten Herrn Haberbosch über den Haufen gerannt, der sich verwundert am Kopf kratzte. So etwas war ihm in über zwanzig Dienstjahren noch nicht passiert. Oskar entschuldigte sich nicht einmal, denn er hatte Emma entdeckt, die soeben aus der Tür trat. »**Emma!**«, brüllte er.

Sie blieb stehen. Einen Moment dauerte es, bis sie begriff. Dann klatschte sie ihn ab. »Super! Tante Millie ist wirklich ein Genie. Wie geht es ihr jetzt?«

Oskar stutzte. »Wie es ihr geht? Woher soll ich das wissen?«

»Das heißt, du warst gar nicht bei ihr? Aber sie muss dich doch gescannt haben.«

Er schüttelte den Kopf. »Nein, ich war ganz bestimmt nicht bei ihr. Bis vor ein paar Minuten war ich noch unsichtbar. Frag mich nicht, wie das auf einmal passiert ist.«

Emma strahlte. »Entweder ist das Zufall oder Tante Millie ist das **genialste Genie**, das man sich vorstellen kann. Jetzt muss sie nur noch Edison Castle retten.«

20. Kapitel

Am liebsten wäre Oskar auf der Stelle zu Miss Edison gerannt, doch Emma schüttelte den Kopf. Wenn Tante Millie mit einer Erfindung beschäftigt sei, dürfe man sie keinesfalls stören, sagte sie, sonst würde ihr womöglich wieder irgendein **dummer** Fehler unterlaufen. »Du weißt doch!«, sagte sie bedeutungsvoll und er nickte.

Zum ersten Mal seit langer Zeit ging Oskar an diesem Mittag gern in die Mensa. Denn wie selbstverständlich hatte Emma nach der letzten Stunde auf ihn gewartet und wie selbstverständlich saßen sie jetzt beim Essen an einem Tisch. Nick setzte sich dazu und Dimitri, kurze Zeit später kamen Tim, Jonas und Lizzy und niemand schien sich sonderlich zu wundern, dass Oskar mit dabei war. Außer den Gnacks vielleicht, die am Nebentisch saßen und immer wieder herüberschielten. »Wir treffen uns am Wochenende bei mir«, sagte Tim, als er neben Oskar sein Geschirr auf das Band stellte. »Bist du dabei?«

Oskar *glühte* vor Stolz. Noch nie hatte Tim ihn eingeladen. »Mal sehen«, sagte er. »Ja, ich glaube schon.«

Dann, gegen halb drei, standen Emma und er endlich vor dem Haus im Wald, das im dichten Nebel wieder einmal wie ein Hexenhaus wirkte. Emma spähte durchs Fenster. »Sieht gut aus«, verkündete sie und betätigte den schweren Türklopfer. »Alles sauber aufgeräumt. Der USC funktioniert anscheinend wieder tadellos.«

Miss Edison öffnete die Tür. Als sie Oskar sah, strahlte sie. »Ich weiß, ich weiß, du bist exakt um zehn Uhr siebzehn wieder sichtbar geworden!«, rief sie. »Kommt rein, ich will euch meine neueste Erfindung vorführen. Ich habe nämlich ein wenig herumexperimentiert. Der USC hat jetzt auch noch eine multifunktionale Fernfunktion bekommen.«

»**Multifunktionale Fernfunktion?**«, fragte Emma. »Heißt das, du kannst aus der Ferne …?«

Miss Edison nickte, während sie die beiden ins Wohnzimmer zog. Der USC stand mitten im Raum und hatte mittlerweile einen viereckigen Aufsatz bekommen. »Jetzt kann ich alles, was eingescannt ist, auch aus der Entfernung unsichtbar und dann wieder sichtbar machen. Ich habe es heute schon ein paarmal getestet. Und mit Oskar hat es ja auch hervorragend funktioniert, wie man sieht.

Schade nur, dass diese Erfindung nichts mehr nützt. In zwei Stunden wird mein geliebtes Edison Castle versteigert und ich kann nichts dagegen tun.« Sie wischte sich über die Augen und versuchte zu lächeln. »Nun ja, so ist das Leben.«

Emma hatte sich an den Tisch gesetzt. »Gibt es gar keine Möglichkeit mehr? Kannst du denn gar nichts machen?«

Miss Edison schüttelte den Kopf. »Dazu müsste ich Lord Sinclair schon daran hindern, dass er zur Auktion kommt. Denn nach einem Auktionsgesetz von 1893, das immer noch gilt, darf nur bieten, wer persönlich anwesend ist. Er darf also nicht Pittmaloney oder sonst jemanden schicken.« Sie zupfte die geblümte Tischdecke zurecht und seufzte. »Nun ja, wie gesagt, so ist das Leben. Ihr habt sicher Appetit auf **Kekse**. Oskar, was ist? Warum setzt du dich nicht?«

Er runzelte die Stirn. »Das heißt also, Lord Sinclair muss sichtbar im Auktionssaal sein … Was, wenn er unsichtbar wäre?«

Einen Moment lang herrschte Schweigen, dann brach der Jubel los.

»Oskar, du bist *megasuper*!«, rief Emma begeistert und auch Miss Edison strahlte und klopfte ihm anerkennend auf die Schulter. »Du hast vollkommen recht! Dass ich

nicht selbst darauf gekommen bin! Ich brauche nur ein Foto von Lord Sinclair, aber das ist überhaupt kein Problem. Damit werde ich seinen Plan durchkreuzen.« Sie blickte auf die Uhr. »In London ist es jetzt eine Stunde früher. Das heißt, wir haben noch etwas Zeit. Emma, schnell, wo ist die Kiste mit den alten Fotos? Ich brauche eines, auf dem Lord Sinclair möglichst gut zu sehen ist. Aber vorher muss ich noch ein Telefonat führen.«

»Und wie läuft das jetzt genau ab?«, fragte Oskar neugierig, nachdem Miss Edison mit dem Handy nach draußen gegangen war, denn nur im Freien hatte sie Empfang.

Emma, die in einem Schuhkarton voller Fotos herumkramte, lachte. »Ganz einfach: Bei der Auktion werden nur Jane Eins und Lord Sinclair anwesend sein. Das ist eine ziemlich komplizierte Sache, man muss sich nämlich vierzehn Tage vorher anmelden und … Ach, ich weiß das auch nicht so genau. Jedenfalls wird Tante Jane Eins exakt ein Pfund bieten und damit ersteigert sie dann Edison Castle.«

»Ach so«, sagte Oskar, aber so richtig hatte er es nicht kapiert. Warum ersteigerte sie das Schloss, wenn es doch sowieso ihr und ihrer Familie gehörte? Oder hatte er etwas missverstanden?

»Natürlich ist es irgendwie unsinnig, weil es ihr ja auch

zu einem Teil gehört«, sagte Emma in diesem Moment und legte eines der Fotos beiseite. »Aber anders geht es nicht. Und Tante Jane Eins kann man vertrauen. Nach Tante Millie ist sie meine zweite Lieblingstante.«

»Und vermutlich ebenfalls hundertfünfundsiebzig Jahre alt«, sagte Oskar grinsend.

»Nein. Jane Eins ist ein bisschen jünger, ich glaube, sie ist hundertsechzig. Sieh mal, was hältst du von diesem Foto hier? Meinst du, es eignet sich zum Scannen?«

Oskar nahm das Foto und ging damit zum Fenster, wo es heller war. Ein großer, hagerer Mann war zu sehen mit schütterem Haar und einer Hakennase. Er lächelte zwar in die Kamera, doch seine Augen blickten kalt und abschätzig. Oskar spürte, wie er eine Gänsehaut bekam, und er legte das Bild hastig zurück auf den Tisch. »Ich denke schon«, sagte er, als Emma ihn fragend anschaute.

»Meine Lieben, ihr könnt schon mal den Scanner einschalten«, hörte er Miss Edison an der Tür rufen.

Sie hatte in der Zwischenzeit mit Jane Eins telefoniert und erfahren, dass Lord Sinclair bereits im Auktionshaus angekommen war, zusammen mit Pittmaloney. Pünktlich um fünfzehn Uhr würde die Versteigerung beginnen. Spätestens dann musste Lord Sinclair ansichtbar sein.

»Ich hoffe nur, es funktioniert auch«, sagte sie und umrundete bestimmt zum zehnten Mal in der letzten halben Stunde den Tisch. Emma hatte Tee gekocht und ihr eine Tasse angeboten, aber sie winkte nur ab. »Ich muss mich konzentrieren. Ich habe ja keine Erfahrung, ob es bei einem Foto auch funktioniert.«

»Na klar, es funktioniert«, meinte Oskar lässig. Er hatte zwar nicht die geringste Ahnung, aber Miss Edison brauchte eindeutig etwas Aufmunterung.

»Danke«, erwiderte sie und lächelte schief, während sie

sich setzte und den Scanner auf das Foto richtete. »Reginald Sinclair, gleich wird etwas passieren, da wird dir Hören und Sehen vergehen.«

Leise surrend arbeitete der Scanner, minutenlang. Lieber etwas länger als zu kurz, wie Miss Edison erklärte, denn immerhin seien es einige Kilometer bis London und sie wisse nicht, wie der Scanner auf diese Entfernung wirke. Schließlich schaltete sie ihn aus. Das Warten begann. Außer dem Ticken der alten Standuhr in der Ecke war im Zimmer nichts zu hören.

»Ich versteh das nicht … Jane Eins hat doch versprochen, auf der Stelle anzurufen, sobald es vorbei ist«, murmelte Miss Edison irgendwann und starrte auf ihr Handy. »Warum meldet sie sich denn nicht? Wir warten jetzt schon über eine Stunde. So lange kann das doch nicht dauern.«

»**Tante Millie!**«, rief Emma. »Du hast doch hier im Haus gar keinen Empfang. Was ist, wenn Jane die ganze Zeit schon versucht, dich zu erreichen?«

Fast gleichzeitig stürzten alle drei aus dem Haus. Es regnete in Strömen, aber das störte keinen. Denn wichtig war nur, dass genau in diesem Moment das Handy klingelte. Es war Jane Eins und sie war, wie man hören konnte, reichlich sauer.

»Meine liebe Millie!«, brüllte es aus dem Telefon. »Ich

versuche seit einer Ewigkeit, dich zu erreichen! Was ist denn da los bei euch? Seid ihr technisch noch im letzten Jahrhundert?«

»Sorry, das war mein Fehler, liebe Jane!«, rief Miss Edison. »Wie ist es gelaufen?«

Jane Eins kicherte. »Hervorragend. Allerdings nicht für den armen Reginald Sinclair. Der war leider nicht anwesend. Das heißt, seine Stimme schon und die hat auch heftig protestiert, vor allem, als der Auktionator mit der Polizei drohte, weil er solche Späße überhaupt nicht lustig findet. Du willst wahrscheinlich wissen, wem Edison Castle jetzt gehört. Na, mir natürlich, Schwesterherz. Aber ich schenke dir das alte Gemäuer zu Weihnachten. Ich brauche sowieso noch ein Geschenk für dich. Und lass dir etwas Zeit mit dem Sichtbarmachen, ich glaube, London kommt auch ein paar Tage ganz gut ohne Lord Sinclair aus.«

Natürlich feierten sie jetzt, mit Tee und einem englischen Früchtekuchen, nach einem alten Rezept der Köchin von Edison Castle.

»Ob wir vielleicht dieses Schuljahr eine Klassenfahrt dorthin unternehmen sollten?«, überlegte Miss Edison laut, während sie sich die fünfte oder sechste Tasse

Tee einschenkte. »Wir könnten im Schloss übernachten und …«

»Oh ja, bitte, Tante Millie!«, rief Emma begeistert und auch Oskar fand die Idee grandios.

»Ich will natürlich erst mit euren Eltern sprechen und dazu sollte man einen Elternabend einberufen. Aber das muss jetzt noch etwas warten. Gestern Nacht ist mir nämlich eine Idee für eine neue Erfindung gekommen. Dieses Mal ist es etwas **völlig** Harmloses«, fügte sie hinzu, weil Emma leise aufstöhnte. Um welche Erfindung es sich handelte, wollte sie nicht verraten. Da konnte Emma bohren, so lange sie wollte.

Und so hatte Oskar sich schließlich auf den Heimweg gemacht.

In der Bachlerstraße entdeckte er die Gnack-Gang, die an der Bushaltestelle herumlungerte. Vor Tagen noch wäre er sofort auf die andere Straßenseite ausgewichen, aber diese Zeiten waren vorbei. Nur ein klein wenig schneller pochte sein Herz, als er sich der Haltestelle näherte.

»Hey«, machte Fynn und hob grüßend die Hand.

»Hey«, gab Oskar lässig zurück.

Nein, er hatte keine Angst mehr. Im Gegenteil, er war mutig, zumindest hatte Emma das behauptet. Wenn du nicht so viel Mut gehabt hättest, wäre es schlimm ausgegangen, hatte sie gesagt und ihn zur Premiere der Theater-AG am nächsten Freitag eingeladen, schriftlich. Die Einladung hielt er immer noch in der Hand, als er an der Gnack-Gang vorbeiging.

Er bog in die Ankerstraße ein, wo auf dem Rasenstück vor dem Hochhaus Marlen stand, die ungeduldig von einem Bein auf das andere trat, denn Batman *schnüffelte* wieder einmal sehr ausgiebig im Gras herum. »Hallo!«, rief Oskar ihr entgegen. »Ich bin spät dran, ich weiß. Aber ich war noch mit Emma bei ihrer Tante.«

»Du kommst mir wie gerufen.« Marlen drückte ihm erleichtert die Hundeleine in die Hand. »Kannst du noch 'ne kleine Runde mit Batman drehen? Ich muss wieder hoch und mich um Gunnar kümmern. Er ist heute ein bisschen durcheinander, der Ärmste. Aber das wird schon werden. Und bleib nicht wieder so lang weg, hast du gehört?«

Oskar starrte zum Parkplatz hinüber, wo soeben ein Transporter hielt. Die Männer, die ausstiegen, kamen ihm bekannt vor, aber er brauchte einen Moment, bis er sich daran erinnerte, dass es die beiden von neulich waren, die mit den Sonnenbrillen.

»Was ist denn jetzt schon wieder los mit dir?«, hörte er Marlen fragen.

»Die Männer dort drüben … Kennst du die?«, flüsterte er.

»Wen meinst du?« Sie drehte sich um. Dann hatte sie die beiden auch entdeckt. Sie lachte und winkte ihnen zu. »**Hallo!**«, rief sie quer über den Parkplatz. »Und? Geht es vorwärts? Wann fangen die Dreharbeiten an?«

»Spätestens nächste Woche!«, rief der eine zurück. »Wir hängen aber noch rechtzeitig einen Zettel im Fahrstuhl aus.«

»Das hätte ich auch nicht gedacht, dass in unserem Haus noch mal ein Krimi gedreht wird«, meinte Marlen. »Schade, dass sie keine Statisten mehr brauchen, ich wäre gern dabei gewesen.« Ihre Stimme klang ein bisschen wehmütig und Oskar fiel ein, dass sie vor vielen Jahren die Aufnahmeprüfung für die Schauspielschule gemacht hatte. »Na ja, das ist aber auch nicht so wichtig«, sagte sie und rieb sich fröstelnd die Oberarme, denn es war empfindlich kühl geworden. »Also, denk dran! Nur ein kurzer Spaziergang mit **Batman**.«

Sie war schon ein paar Schritte zum Haus gegangen, als sie sich nochmals umdrehte. »Oskar, täusche ich mich oder siehst du gerade ziemlich **happy** aus? Vielleicht, weil du gewachsen bist?«

Er überlegte. »Ja, das könnte sein«, meinte er und zwinkerte Batman zu, der ihn zum nächsten Laternenpfahl zog.

Zimmermann, Irene:
Miss Edison – unsere (geniale) verrückte Lehrerin
ISBN 978 3 522 50486 7

Umschlag- und Innengestaltung: Lisa Hänsch
Innentypografie und Satz: Tanja Haaf
Reproduktion: Medienfabrik GmbH, Stuttgart
Druck und Bindung: GGP Media GmbH, Pößneck

FSC
www.fsc.org
MIX
Papier aus verantwortungsvollen Quellen
FSC® C014496